广西哲学社会科学规划课题"广西古建筑楹联整理与研究"（17FZW006）
钦州发展研究院2019—2020年研究课题"钦州传统楹联文化资源研究与利用"（1920QFYB005）
广西壮族自治区教改课题"汉语国际推广背景下基于应用型人才培养的楹联文化课程建设与实践"（2018JGB331）

楹联与楹联文化

侯艳 ◎ 编著

西南交通大学出版社

·成都·

图书在版编目（CIP）数据

楹联与楹联文化 / 侯艳编著. —成都：西南交通大学出版社，2020.8
ISBN 978-7-5643-7524-9

Ⅰ.①楹… Ⅱ.①侯… Ⅲ.①对联–文化研究–中国–高等学校–教材 Ⅳ.①I207.6

中国版本图书馆 CIP 数据核字（2020）第 142824 号

Yinglian yu Yinglian Wenhua
楹联与楹联文化

侯艳　编著

责任编辑	郭发仔
助理编辑	李　欣
封面设计	原谋书装
出版发行	西南交通大学出版社 （四川省成都市金牛区二环路北一段 111 号 西南交通大学创新大厦 21 楼）
发行部电话	028-87600564　028-87600533
邮政编码	610031
网　　址	http://www.xnjdcbs.com
印　　刷	四川森林印务有限责任公司
成品尺寸	185 mm × 260 mm
印　　张	13
字　　数	211 千
版　　次	2020 年 8 月第 1 版
印　　次	2020 年 8 月第 1 次
书　　号	ISBN 978-7-5643-7524-9
定　　价	36.00 元

图书如有印装质量问题　本社负责退换
版权所有　盗版必究　举报电话：028-87600562

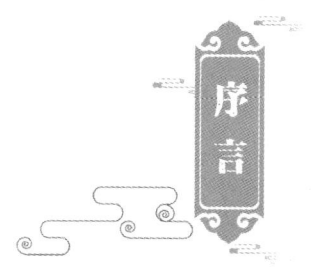

和融"五度",倾注"三心"

◎高 扬

庚子仲夏,防疫居家,未觉暑热,非关沉李浮瓜,缘于悦读《楹联与楹联文化》。

本书作者侯艳女史为文学博士、副教授,汉语国际教育专业硕士生导师,北部湾大学人文学院副院长,从事楹联创作十余年,并有多篇对联理论研究文章见诸报刊。今承蒙作者邀余作序,故详阅书稿,谨以此序以表敬意。

通阅全著,可见作者对楹联与楹联艺术研究的深度、广度、高度、厚度及新度,而作者研究楹联艺术的专心、细心和恒心亦由"五度"而体现,今分述之。

探究之深

《楹联与楹联文化》第一节"楹联的概念"中在谈到楹联的量词时,作者不是停留于一般的说法,而是做了进一步的探究。

楹联的量词是"副",有学者这样解释"副":"楹联的量词,古人用幅。由于'幅'的含义可为'一'(如一幅画,是单数),后来多用'副则暗含'成双成对'的意思(如一副手镯,是两个)。"这里说"副"暗含成双成对的意思不够准确。平时常见的楹联多是由一句上联和一句下联两个句子组成的,说"副"表示"双""对"可以理解,但实际上楹联还有三句构成一副的如"三柱联"和四句构成一副的如"扇面对",这样的楹联用成双成对就解释不通了。"副"作为量词与"双""对"的最大区别在于"副"表明需要配成套才能使用的意思,可以是两件,但不定是两件,强调的是成套。

作者如此细致地分析讲解,具体而缜密,既让楹联爱好者辨明"副"与"幅"

的区别，又超出一般楹联理论者的高度，显现出学者型论述的严谨与周密。见一叶而知深秋，窥一斑而见全豹。本书如此之例不少，读者不妨细阅。

博采之广

与一般对联书籍不同之处是，《楹联与楹联文化》的作者既在古典著作中寻找名联巧对，又到实地进行考察记录，在名胜古迹处收集丰富的楹联资料。而且作者的目光不只是停留在国内，还放眼世界，搜集了不少海外楹联，可见博采之广。本书有专章介绍了楹联文化在海外传播的概况，并论述了海外楹联景观的研究和应用，特别介绍了亚洲一些国家景点的楹联。如日本万福寺楹联，朝鲜大同江名胜练光亭石柱上楹联，还有新加坡虎豹别墅，印度尼西亚三宝庙门联等。让读者了解到菲律宾的马尼拉，有个公墓叫华侨义山，刻石楹联成百上千，成为当地一大景观。在越南，有三种文字写的楹联。过去多用汉字和喃字写，现在用拼音文字的也时有所见。马来西亚华裔众多，华人所建的各类会馆、宗祠、店铺等都有楹联，富于中国文化特色，一些华侨民居也有贴春联的传统。

本书还述及楹联文化在美洲和大洋洲等地的踪迹，如美国的旧金山，澳大利亚的唐人街都可见楹联的身影。这些比较详细的介绍，拓宽了读者的眼界，增强了青少年对祖国传统文化的自信，是一种潜移默化的爱国主义教育，达到润物细无声的效果。

宗旨之高

《楹联与楹联文化》是作者结合自己教学实践与楹联创作，在积累大量楹联素材的基础上编写而成，倾注了许多汗水和心血。阅读本书，我们能感受到作者立意之高。

这不仅仅因为作者在编写创作之时，考虑到本书旨在提高大学生的传统文化素养，可适用于汉语言文学、汉语国际教育等文科类专业作为专业选修课教材，也适用于本科及高职高专院校作为公共选修课或人文素质拓展类课程教材，更主要的是作者站在时代的高度，认识到中华优秀传统文化的重要性。它是民族的生命血脉，是人们的精神家园。楹联文化往往能反映出华夏人的理念、智慧、气度等等，因而我们看到本书作者除了讲解楹联的基本概念及其文化内涵，还兼及楹联的鉴赏与创作，更进一步从楹联文化传播海外的实际情况中提升到汉语在国际教育教学的作用之高度。

"居高声自远，端不藉秋风。"一本书的质量与作者的才识、胸襟和情怀是分不开的。

积淀之厚

传统文化博大精深，楹联艺术是其中重要的组成部分，从本书的书名即可看出需涉及的范围之广，需探究的深度之厚。作者不是局限于"楹联"，而是由此及彼，拓展到"楹联文化"这个"大楹联"中去思考、去研究、去论述。如果没有扎实的古典文学功底和厚实而广博的知识储备是难以胜任其事的。

楹联是一门综合型艺术，涉及到文学、书法、美术、雕刻，其内容有时与政治、经济、军事、历史等也密切相关，正因为作者文化积淀之厚，因而在论及相关内容时亦可侃侃而谈。如在论及楹联艺术与传统建筑之时，作者肯定了楹联是中国传统建筑的有机组成部分，并指出历来的建筑研究成果中能完整述录联文者已不多见，对其文字内涵与艺术价值的评析则更少。针对目前古建筑中的匾额与楹联等文献资料的传承与保护现状，提出了具体的、可操作的五条实施策略，即：（1）全面普查，多方收集。（2）准确释读，避免讹误。（3）厘清源流，恰当分类。（4）严谨编辑，加强出版。（5）积极修复，促进旅游。

这些切实可行的实施策略，是当代楹联人及文化工作者完全值得参考和实施的，颇有重要的指导性、实用性。

创意之新

商界有一句流行语，人无我有，人有我优，人优我特。写文著书与之相同，需要有个性特征，有创新之处。阅读本书，我们时常见其"新"意。语言之新、取材之新、思维之新、图片之新等等。如在第二章第三节"关于《楹联通则（修订稿）》"部分里，在肯定《联律通则（修订稿）》作用的同时，又坦率地指出其不足。书中说，作为楹联创作的理论指导，《联律通则》应当是一个经得起行家和历史检验的文件。没有正确的理论指导与精准的表达，会把初学者引入误区。令人遗憾的是，这个《楹联通则（修订稿）》还有许多值得商榷、有待完善的地方。从宏观上说，至少存在以下三个方面的问题。（此处略去，读者可以细细读来）

在本书之中，我们更能读到一般对联书中几乎不会涉及的内容。如在第六章《楹联鉴赏》第三节"楹联在国际汉语教育教学中的作用"部分里，作者总结其作用主要有：促进语音学习，拓展知识，辨析词汇，帮助学生掌握语法，提高写作水平；练习汉字，锻炼发散思维能力等。

提出这些新思考、新观点是必须具备独立思考的能力和大胆质疑的精神。作为一位联坛老兵，我为之点赞，为之喝彩。

读罢全书，我们自然会想到《礼记·中庸》里的名言："博学之，审问之，慎思之，明辨之，笃行之"，本书的字里行间显现出作者治学理念和人生态度，让读者油然而生敬意。

　　你若盛开，蝴蝶自来。《楹联与楹联文化》仿佛是一朵灿烂的花儿，专心、细心和恒心是金色的花蕊，深度、广度、高度、厚度与新度是粉红的花瓣。如今她绽放在联坛，芬芳于人间，一定会赢得无数人的观赏、喜爱和珍藏，我们由衷地祝福她色灿四时，香飘万里。

2020 年仲夏于北京崇文门

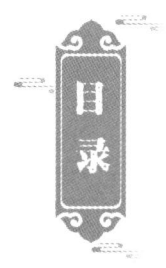

目录

第一章　楹联文化概说

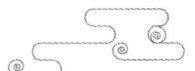

第一节　楹联的概念 …………………………………… 3
第二节　楹联起源考论 ………………………………… 5
第三节　楹联的文化特征 ……………………………… 12
第四节　高校楹联文化教育论略 ……………………… 19
第五节　社会证联与当代楹联文化 …………………… 24

第二章　楹联格律

第一节　楹联音律 ……………………………………… 31
第二节　楹联对仗 ……………………………………… 40
第三节　关于《联律通则（修订稿）》 ………………… 45
第四节　楹联创作的避忌 ……………………………… 51

第三章　楹联的类别

第一节　通用联与专用联 ……………………………… 55
第二节　短联与长联 …………………………………… 84
第三节　集句联与创作联 ……………………………… 89

第四章　楹联的艺术特征

第一节　楹联修辞 ……………………………………… 97
第二节　楹联的句式特征 ……………………………… 109

第五章　楹联鉴赏

第一节　名胜楹联鉴赏 ················ 115
第二节　古建筑楹联及其保护 ·········· 122
第三节　广西北部湾楹联鉴赏 ·········· 126

第六章　楹联文化的海外传播

第一节　楹联文化的海外传播概况 ······ 141
第二节　海外楹联景观的研究与应用 ···· 144
第三节　楹联在国际中文教学中的作用 ··· 146

参考文献 ························ 155

附录一：声律启蒙 ················ 157

附录二：笠翁对韵 ················ 168

附录三：广西北部湾楹联集萃 ······· 179

后　记 ·························· 198

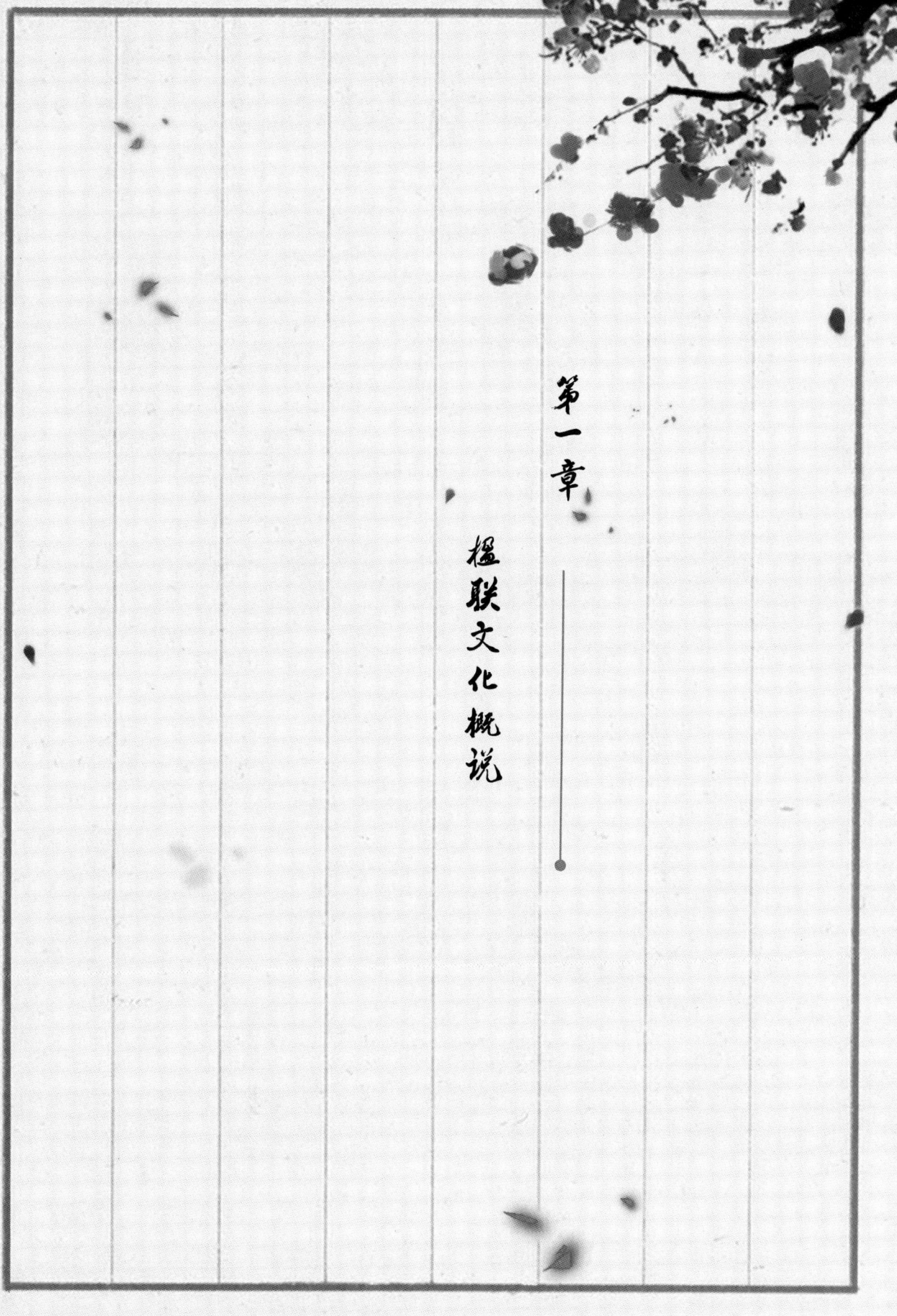

第一章

楹联文化概说

第一节　楹联的概念

楹联也叫对联、对子、联对、联语、联句等，是汉语特有的一种文学体裁，在中国传统建筑中，一般将对联悬挂于堂宅殿阁的楹柱（厅堂前部的柱子）上，至迟在道光年间楹联已从专指刻挂于楹柱上的对联逐渐成为对联的泛称，梁章钜的《楹联丛话》就是显证。现今楹联、对联、对子这几种名称并没有实质上的区别，但有雅俗之分，普遍将楹联看作是雅称，因而本书也以楹联作为对联、对子、联语、联句等的统称。

楹联，从形式上看是由字数相同、词性相当、结构相称、节奏相应、平仄相谐、语意相关的两句文字组成一副联语，体现了一阴一阳之谓道的中国传统哲学思想与对均衡对称、和谐之美的追求。

关于楹联的概念有几个要素需要明确，一是楹联是有意独立使用的对仗句。二是对仗和平仄是构成对联的基本条件。对仗在我国文学艺术形式中早已有之，诗赋中的对偶句一般都要求对仗，对仗句就是要求比较严格的对偶句，不但要求对偶工整，而且要求平仄协调。如果不是对仗句而仅是一般的对偶则不能算作楹联。即使是对仗句，但没有独立使用，也不能算作楹联。

楹联的量词是"副"，有学者这样解释"副"："楹联的量词，古人用幅。由于'幅'的含义可为'一'（如一幅画，是单数），后来多用'副'，则暗含'成双成对'的意思（如一副手镯，是两个）。"这里说"副"暗含成双成对的意思不够准确。平时常见的楹联多是由一句上联和一句下联两个句子组成的，说"副"表示"双""对"可以理解，但实际上楹联还有三句构成一副的如"三柱联"和四句构成一副的如"扇面对"，这样的楹联用成双成对就解释不通了。"副"作为量词与"双""对"的最大区别在于"副"表明需要配成套才能使用的意思，可以是两件，但不一定是两件，强调的是成套，如"一副手套""一副盔甲""一副麻将""一副扑克""一副热心肠""全副武装"等。这就说明楹联不能拆开单独张挂其中某一句，而是要配成两句或两句以上的整套才能算作一副来用，也可以理解为有些楹联要配合横批或匾额。

楹联最基本也是最常见的形式是由上下联各一句构成的一副联，有时配合横批或匾额整套使用。比如配合横批使用最典型的用例就是春联，配合匾额使用的常见的有风景名胜楹联，如：

春联：

绿竹别开三分景；红梅正报万家春。（横批：春回大地）

壮丽山河多异彩；文明国度遍高风。（横批：万象更新）

春满人间，百花吐艳；福临小院，四季常安。（横批：欢度春节）

春联：阳春开物象；丽日焕新天。
（陈辉成摄于北海合浦曲樟乡）

春联：张灯结彩辞旧岁；欢声笑语迎新春。
（陈辉成摄于北海合浦曲樟乡）

风景名胜联：

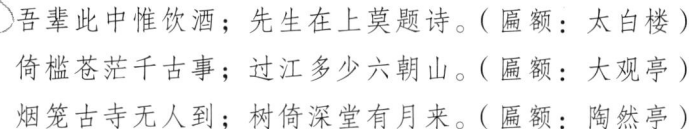

吾辈此中惟饮酒；先生在上莫题诗。（匾额：太白楼）

倚槛苍茫千古事；过江多少六朝山。（匾额：大观亭）

烟笼古寺无人到；树倚深堂有月来。（匾额：陶然亭）

第二节 楹联起源考论

一、楹联的起源

关于楹联的起源，学术界已有不少研究成果，目前接受度比较高的一种说法是认为楹联起源于五代十国时期，大家普遍认为现存最早的一副形制成熟的楹联是后蜀国主孟昶所作。据《宋书·蜀世家》记载："孟昶每岁除，命学士为词，题桃符置寝门左右。末年，辛寅逊撰词，昶以其非工，自命笔云：'新年纳余庆；嘉节号长春。'"关于这副对联"一联成谶"的故事广泛流传，据说宋派来灭蜀的大将名叫吕余庆，孟昶降宋之日又恰逢宋太祖赵匡胤的生日长春节，此联中的"余庆""长春"与之巧合，因而被后人当作谶语记录下来。

孟昶这副对联明确是写在桃符上挂在卧室门两边的，而且史书说他每年除夕都会让学士们写词张挂，可见在这一联以前至少后蜀已经有不少这样的对联作品了。一方面因为这副对联的作者是皇帝，也因其恰好与后来的史实有诸多巧合而被人们津津乐道，才得以收录于正史留存下来。另一方面，这副对联形制已经比较成熟，基本具备了对联的一些基本特征，也符合楹联张挂使用的习俗，可见其不是突然由某个人创造出来的，这副对联出现之前，楹联必然是经历过一个发展过程。

在楹联的起源方面，余德泉教授的论证可资借鉴。余教授认为"对联与律诗是平行发展的。它们的发端都是南朝齐梁间的'永明体'。不同的是，由于人们重视程度的不同，律诗在唐代不仅很快自成格律，而且形成规模，对联则直到晚唐还没有大的发展，作品也比较零星。"他将唐初神童贾嘉隐应机所说的"胡头尚为宰相，獠面何废聪明"这一对偶句作为口头对联视之。又将宋拓《忠义堂帖》所录颜真卿于唐兴元元年（784）题于驿舍墙上的联句"人心无路见，时事只天知"，视为唐代对联之萌芽，并认为这副联语"若曾题壁，则为真正的对联更无问题"。虽然要证实这副联语是否题过壁还需更多的证据，但唐代就已经单独运用对仗句表情达意可以说是没什么疑问的。这一点与楹联的概念相应，因而这类句子应该可以算作是楹联。由此可以推论楹联萌芽于齐梁，发展成型于唐代，至五代时楹联形制已比较成熟并得到了广泛应用。

二、楹联的发展

据余德泉教授考证，五代时期，楹联已开始向独立文体发展。《吴越春秋》云，吴越时龙华寺僧契盈，一日侍忠懿王游碧波亭，时潮水初满，舟楫如云。王曰："吴越去京师三千里，谁知一水之利如此！"契盈因题联句于碧波亭柱上："三千里外一条水；十二时中两度潮。"被时人称为佳对。《宋代楹联辑要》记有这样一联："十字水中分岛屿；数重花外见楼台。"据说是后蜀兵部尚书王瑶所题。再结合蜀主孟昶每年除夕都命人作联挂到门上的事例来看，在五代十国时期会撰写楹联的人已不在少数，只可惜留下的作品不多。

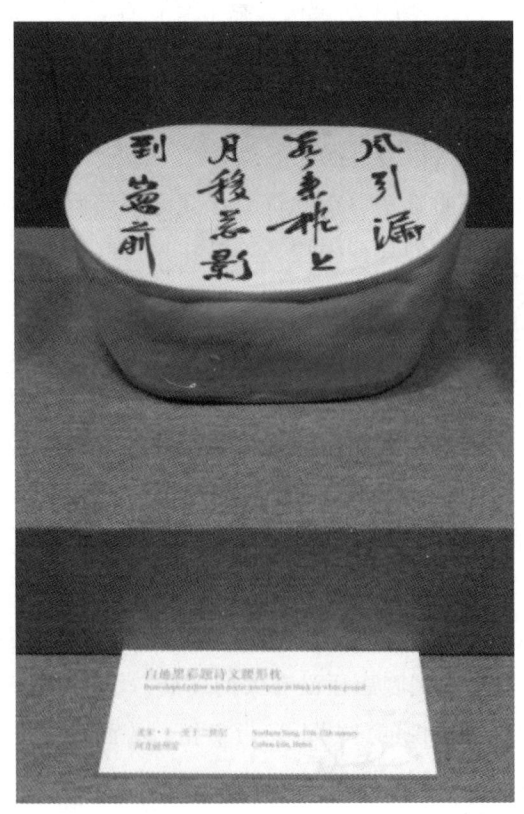

北宋摘句联瓷枕，联文：风引漏声来枕上；月移花影到窗前。
（侯艳摄于广州南越王博物馆）

宋代时期，楹联进入了一个新的发展时期，已发现有楹联实物存在，主要是瓷枕和铭旌。目前发现题有楹联的宋金时期的瓷枕有上百件，其词有："春前有雨花开早；秋后无霜叶落迟。""风吹前院竹，雨洒后庭花。""蜂飞花下至；鹤引水边行。""有客问浮世；无言指落花。""一架青黄瓜；满园白黑豆。""欲作高堂梦，须凭妙枕欹。""风引漏声来枕上；月移花影到窗前。"等等。这些联句有的摘自前人诗句，有的是单独作的对联，无论哪一类都能与"枕"的意境妙合，可见古人的生活情趣与细密心思。

宋代的联例还有很多，而且文学性极强，运用了多种修辞格，体现出文人们对楹联这种体裁的娴熟驾驭。如王禹偁题义门陈氏联暗含了讥讽之意："鹦鹉能言难似凤；蜘蛛虽巧不如蚕。"欧阳修颖上西堂的即席联巧妙又准确地表述了自己与赵概、吕公著三人的身份："金马玉堂三学士；清风明月两闲人。"王安石的自题联："断送一生唯有；破除万事无过。"这是一副集句联，集韩愈"断送一生唯有酒"和"破除万事无过酒"两句，各舍去最后一个"酒"字而成，或可当作一副歇后语联来看。苏轼题龙济寺联大气又切题："天上楼台山上寺；云边钟鼓月边僧。"黄庭坚题月色江声楼联韵味天成、自然有趣："芳草有情牵戏蝶；飞花无主寄骚人。"李清照的戏作联竟似词论："露华倒影柳三变；桂子飘香张九成。"辛弃疾题桃符联言简意赅、道尽辛酸："身为僧禅老；家因赴诏贫。"真德秀题浦城粤山学易斋联描摹尽态："坐看吴粤两山色；默契羲文千古心。"朱熹题白云岩书院联气势非凡："地位清高，日月每从肩上过；门庭开豁，江山常在掌中看。"题广信南岩寺读书处联对仗工稳："一窍有泉通地脉；四时无雨滴天浆。"另外他自书的沧州精舍两联简洁凝练，将宋诗爱说理的特点用到了楹联上："佩韦遵考训；晦木谨师传。""道迷前圣统；朋误远方来。"

元代立国时间短，对外用兵频繁，社会矛盾尖锐，而辑录对仗句较多的类书联书也有十种左右，亦有较好的楹联作品流传，但相比之前的宋代和之后的明代，显得比较薄弱。

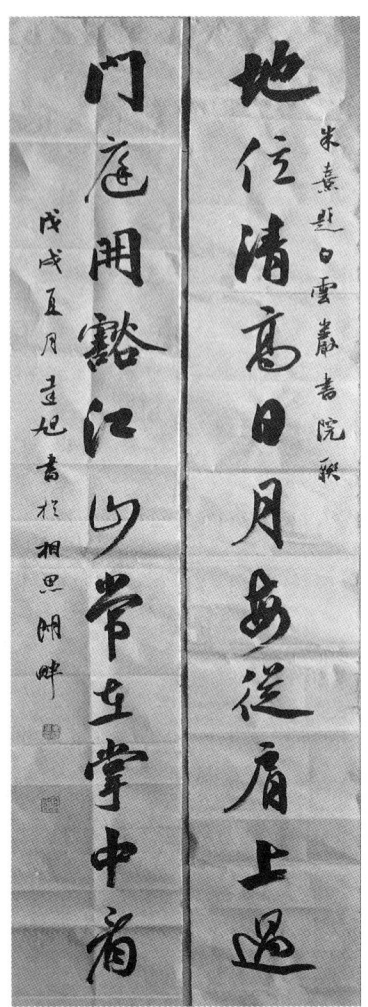

朱熹题白云岩联：地位清高，日月每从肩上过；门庭开豁，江山常在掌中看。（陈辉成摄影，李达旭书丹）

明代楹联发展比较迅速。明朝初年，春联开始普及，至中期，长联亦已产生。这个时期楹联呈现出比较繁荣的局面，出现诸多门类，作为一种独立的文学形式或者说文体已经形成。明代已有一支非常庞大的楹联作者队伍，上至帝王，下至乡野孩童，联作的数量也已远超宋代，形式亦多种多样。如：

朱元璋赐陶安春联：

国朝谋略无双士；翰苑文章第一家。

曾沂贺婚联：

几生修得到；一日不可无。

李开先祝东里生子联：

从来老蚌珠成晚；会见维熊梦不虚。

李开先贺柏亭高鸿胪新居联：

来宾贺及梁间燕；爱主情兼屋上乌。

李开先五十九岁自寿联：

静观道德真经，手注五千非一日；难满诗文积债，眼看六十欲临年。

陈继儒自挽联：

不怨天不尤人，千百年鸢飞鱼跃；启予足启予手，八十岁履薄临深。

何维柏题客厅联：

座中斟酌谈心易；局外输赢袖手难。

乔应甲题书房联：

茅舍竹篱酒半醺，不管鸟歌花笑；风晨月夕书千卷，任教春去秋来。

释担当题佛陀寺联：

以佛名山，水鸟树林皆眷属；无心是道，灯笼露柱证菩提。

杨慎题昆明华亭寺联：

一水抱城西，烟霭有无，拄杖僧归苍茫外；群峰朝阁下，雨晴浓淡，倚栏人在画图中。

缪昌期题杭州西湖关庙联：

德必有邻，把臂呼岳家父子；忠能择主，鼎足定汉室君臣。

胡松题白鹿洞书院联：

我辈来游，不独问津兼问俗；诸生志学，试言忧道不忧贫。

祝允明题扬州凝翠轩联：

四面有山皆入画；一年无日不看花。

叶向高题福州会馆联：

万里海天臣子；一堂桑梓兄弟。

朱国祯题襟江酒楼联：

襟抱谁开，登楼纵眺；江山如此，有酒在尊。

唐寅自题联：

失脚成千古笑；再回头是百年人。

李开先赠郭五游联：

遍登五岳寻瑶草；历涉三江采玉莲。

黄道周讽洪承畴联：

史笔流芳，虽未成名终可法；洪恩浩荡，不能报国反成仇。

杨茂仁题戏吴江联：

高叫数声，惊动两班文武；横行几步，笑回万乘君王。

曾异题铁佛联：

古佛由来皆铁汉；凡夫但说是金身。

徐渭题菊联：

一香千艳失；数笔寸心来。

汤显祖示子联：

宝精神则本业固；谨财用而高志全。

袁文荣长联：

洛水元龟初献瑞，阴数九，阳数九，九九八十一数，数通平道，道合元始天尊，一诚有感；岐山丹凤两呈祥，雄鸣六，雌鸣六，六六三十六声，声闻于天，天生嘉靖皇帝，万寿无疆。

李开先长联：

鲸波迷望眼，雾锁云埋，水国三千里，触舟怪石起狼牙，采薪造粥，昼长苦饥，宦游不若还乡好；鸟道失行踪，风僝雨僽，烟村四五家，绕屋小溪分燕尾，沽酒论文，夜深不寐，旅寓方知行路难。

此外还有其他门类楹联及各种机巧联。从这众多联作可以看出明代楹联内容与形式的涉及面之广，成熟度之高。

三、楹联的兴盛

楹联到清代达到了鼎盛时期，撰联高手不计其数，如傅山、李渔、孙髯翁、郑板桥、袁枚、纪昀、毕沅、翁方纲、李调元、邓石如、阮元、林则徐、梁章钜、龚自珍、曾国藩、左宗棠、钟云舫、康有为、梁启超、章太炎等，都鼎鼎有名。有关他们的一些对联佳话至今尚在流传，他们的楹联许多都已结集成书。清代楹联除了文字结集保存下来以外，还有很多实物流传。比如清代建筑楹联、摩崖石刻楹联、墓葬楹联、屏联、柱联、碑刻联、器物铭文联等许多附丽于各类文物而得以保存的楹联实物。余德泉教授认为楹联在清朝达到鼎盛主要有以下几个原因。

一是元明以来小说的流行带动了对联的传播。像四大名著、《儒林外史》等。这几部著名的小说，每一回的标题都用对联的形式。如"王司徒巧使连环计，董太师大闹凤仪亭"（《三国演义》第八回）、"林教头风雪山神庙，陆虞候火烧草料场"（《水浒传》第十回）、"观音院僧谋宝贝，黑风山怪窃袈裟"（《西游记》第十六回）、"情切切良宵花解语，意绵绵静日玉生香"(《红楼梦》第十九回)、"常熟县真儒降生，泰伯祠名贤主祭"(《儒林外史》第三十六回)，等等。

二是可读性很强的对仗启蒙读物大量出现，从基础教育上推动了对联的发展。如康熙年间出版的《分类字锦》、车万育的《声律启蒙》、李渔的《笠翁对韵》、李调元的《精选幼学对类读本》，都是习作诗赋和楹联的好教材。这些读物，承前启后，对仗工稳，合乎平仄，想象丰富，辞藻华丽，融知识性与趣味性于一炉，雅俗兼备，朗朗上口，对初学者打好基础大有裨益。这些书籍多被私塾所采用，几百年来，印行了多种版本。许多私塾的学生，因为启蒙于幼儿阶段，从小对平仄对仗就有感悟，其后作诗作联，自然就不困难了。

三是清朝还十分流行对子摊。所谓对子摊就是在平时特别是春节这样的节日，在街头巷尾出售、书写楹联的摊位。这种现象在明代就出现了，因为明代开国之初提倡写春联，而百姓中能写字的人太少了，自然需要请人代笔。同时对于失意文人来说，写联、售联也可得些酬金过日子。这种对子摊的盛行，客观上推动了楹联的进一步普及。

清代楹联的发展主要表现在四个方面。

一是越写越长。乾隆年间号称"海内第一长联""古今第一长联"的昆明大观楼长联，有一百八十个字，蔚为大观，其辞云：

五百里滇池，奔来眼底，披襟岸帻，喜茫茫空阔无边。看东骧神骏，西翥灵仪，北走蜿蜒，南翔缟素。高人韵士，何妨选胜登临。趁蟹屿螺洲，梳裹就风鬟雾鬓。更苹天苇地，点缀些翠羽丹霞，莫辜负四围香稻，万顷晴沙，九夏芙蓉，三春杨柳；

数千年往事，注到心头，把酒凌虚，叹滚滚英雄谁在？想汉习楼船，唐标铁柱，宋挥玉斧，元跨革囊。伟烈丰功，费尽移山心力。尽珠帘画栋，卷不及暮雨朝云。便断碣残碑，都付与苍烟落照。只赢得几杵疏钟，半江渔火，两行秋雁，一枕清霜。

但就字数来说，光绪以来不少对联又大大超过了这个纪录，甚至于后来还出现了千字以上的长联。可以说孙髯翁这副大观楼联开了长联之先河。

二是越写越巧。清代楹联在写作技巧上运用了许多艺术手法，有些手法还很特别。比如明知其错却故意仿效而达到谐趣效果，故意将字以同音字转换以形成幽默效果，或利用实录语句错断造成幽默的飞白手法；用一个词语同时关联两种不同的事物，言在此而意在彼的双关手法；故意运用不同寻常的思维逻辑，使表面看来不合事理的东西变得合于事理，给人奇妙感觉的巧辞手法，等等。

三是使用越来越普遍。到了清代几乎各种场合地点都可以用得上楹联，有赞美山川名胜的，有祝贺用联，有哀挽用联，有抒情言志联，还有广告联、咏物联、娱乐联等不一而足。

四是对联独有的整套声律规则——马蹄韵、朱氏规则、李氏规则不仅形成，而且已经完善。关于这些声律规则本书在第三章楹联格律中再做详细介绍。

第三节 楹联的文化特征

楹联是中国传统文学体裁，楹联文化则指与楹联相关的包括文学在内的各种文化因素。楹联具有多重文化特征，既是汉语特有的文体形式，也是传统文人极喜爱的文字游戏，是传统启蒙教育的重要内容，是书法才艺的最佳搭档，是语言景观，也是民俗文化。楹联习俗在2006年入选我国首批非物质文化遗产名录。

从文体形式来看，楹联与律诗中的对仗句和文言文中的骈句都讲究对仗，但律诗中的对仗句在字数上有严格的规定，古文中的骈句对对偶、格律的要求不严，而楹联一般要求严格遵守格律，字数方面却非常灵活，楹联创作体现了对语言规则的全面把握与准确应用。

中国文人一向有将楹联当作文字游戏的传统，比较常见的是以对句的形式行酒令。行酒令是旧时饮酒中助兴取乐的游戏，有多种类型，如红楼梦中就提到"牙牌令""花名令""射覆""传花"等差不多十种酒令。我国早在春秋战国时期的饮酒风俗就有"当筵歌诗"与"即席作歌"，意思是在筵席上即席创作或吟诵诗歌，这就是一种"文字令"。酒令有雅俗之分，文人多用比较雅的"文字令"，比如近年来因"中国诗词大会"而为大家所熟知的"飞花令"就是文字令的一种。行文字令时一般要先推选一人为令官，由令官指定行令规则，其余的人听令应答，轮流说出一两句符合要求的话，若答不出或说得不合要求则要受罚。酒令有的不要求对仗，有的要求对仗，对仗的这两句话事实上就成了一副楹联。如胡仔《苕溪渔隐丛话》中记载了一个唐人说的酒令就属于这种情况："[令]钽麖触槐，死作木边之鬼；[答]豫让吞炭，终为山下之灰。"这一令一答就是一副比较有趣的楹联，可见古代文人对于文字游戏的喜爱。

作为我国传统启蒙教育的一项重要内容，背诵对韵、练习对对子是中国传统语言能力训练的方式之一，这种对句训练称为对课，是我国传统语文教学的重要手段，是旧时私塾必开的课程之一。蔡元培在《我在教育界的经验》中说："对课与现在的造句法相近。大约由一字到四字，先生出上联，学生想出下联来。不但名词要对名词，静词要对静词，动词要对动词；而且每一种词里面，又要取其品性相近的。例如先生出一山字，是名词，就要用海字或水字来对他，因为都是地理的名词。"这种练习对于帮助初入门的学生区分平仄、学习词汇、锻炼反应能力都十分有效。对课的一般原则是字数由少到多，内容由易到难，形式可以是限时对句，对句比赛，机巧联解读讨论等。这种训练寓教于乐、趣味性强、操作简便、适合各年龄段，也适用于汉语国际教育教学，这一点本书在楹联在"汉语国际教育教学中的作用"一节中另有论述。

楹联可以用多种艺术形式来表现，绝大多数楹联是要张挂出来的，因而楹联与书法的关系十分紧密，而且文字以书法形式展示出来必然更增魅力。对于楹联与书法艺术的关系，楹联家高宝庆在《楹联书法学概论·楹联》中写道："如果认为楹联是一种单纯的文学艺术，那么是对这一艺术的片面理解……楹联不仅是一门文学艺术，还兼有书法艺术的特征……一副对联，哪怕是一副精品佳联，如果只有文字而没有与之相应的书法来完成，能称得上一副绝妙的楹联吗？"书法是对楹联文字的阐释与再创作，如果能配合楹联内容与使用环境选择相应的书法形式，将会呈现出相得益彰的艺术效果。在楹联书写格式上，要求左右对称，字字相对，上下联字的大小不宜变化太大，天地对齐，两边留白，间距也要基本一致，上下款位置得当，一般上款从上联第二字的位置写起，下款略低于上款。文字较多的联句一行如果写不下可以折行书写，这种折行书写的称为龙门对，要求上联从右往左书写，下联从左往右书写，上下联的落款分别写在最末一字下边。字体选用方面，为了便于识读，也易于体现对称性，一般可选用楷书、行楷或行书，为了与古建筑风格相应，也可用比较古朴的隶书、篆书等，有时为了彰显个性，也可选用草书。

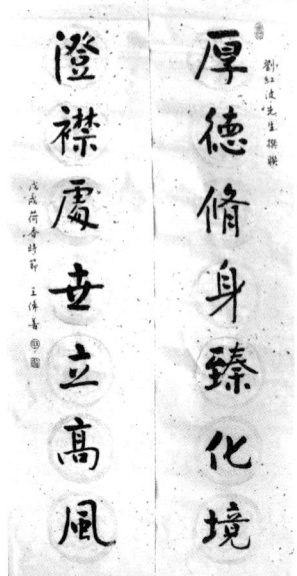
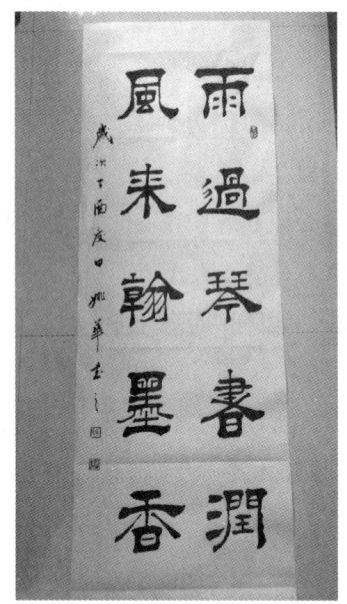

楷书楹联：厚德修身臻化境；
　　　　　澄襟处世立高风。
（陈辉成摄影，刘红波撰联，
　王传善书丹）

隶书楹联：雨过琴书润；风来翰墨香。
（陈辉成摄影，姚华书丹）

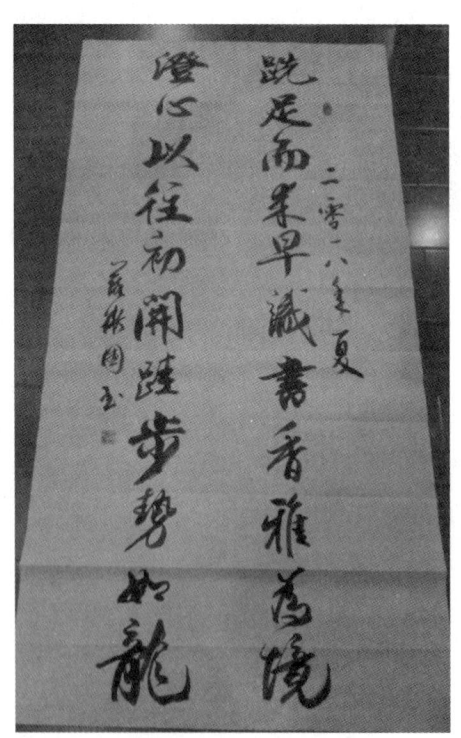

行草楹联：跬足而来，早识书香雅为境；澄心以往，初开跬步势如龙。
（侯艳摄影，胡小敏撰联，苏卫国书丹）

篆书楹联：六子登科，理学融天地；双梅探屋，修齐烛古今。
（侯艳摄于福州三坊七巷，林山撰联，傅永强书丹）

楹联的书写除了纸墨书法以外，还可以采用多种材质，款式也很丰富，如宋代的瓷枕上就写有不少楹联。建筑楹联多是小木作，还有用砖雕石刻的形式镶嵌在建筑上的，室内张挂的楹联多书写于纸或绢帛。它们以灵活多变的集文学、书法、美术、雕刻为一体的艺术式样，成为建筑装饰的一部分。

木雕楹联：虔礼曼殊，蕴心香一瓣；永钦般若，凝智水千秋。

（侯艳摄于忻州五台山，侯艳撰联，于明诠书丹）

木雕楹联：大树家声；凌云世泽。

（侯艳摄于钦州冯子材故居，林恒书丹）

石刻楹联：课学秋灯，书声喧里巷；温诗春酒，豪语动枌榆。
（侯艳摄于福州三坊七巷，卓斌青撰联，陈朱书丹）

中堂楹联：乾坤涵大美；晏静养中和。
（陈辉成摄于钦州港，侯艳撰联，李达旭书丹）

  春联的最初形态是桃符，早在秦汉以前我国民间过年就有悬挂桃符的习俗。据《山海经》记载，有一个鬼域的世界，中间有座山，山上有一棵覆盖三千里的大桃树，树梢上有一只金鸡。每当清晨金鸡长鸣的时候，夜晚出去游荡的鬼魂必赶回鬼域。鬼域的大门坐落在桃树的东北，门边站着两个神人，名叫神荼、郁垒。如果鬼怪在夜间干了伤天害理的事情，神荼、郁垒就会立即发现并将它捉住，用绳子把它捆起来，送去喂老虎。因为天下的鬼都畏惧神荼、郁垒，汉族民间就用桃木刻成他们的模样，放在自家门口，以避邪防害。后来，人们干脆在桃木板上刻上神荼、郁垒的名字，认为这样做同样可以镇邪去恶。这种桃木板后来就被叫作"桃符"，这种习俗一直延续不断。到了五代时期，人们开始在桃符上写上对称的两句文字，一则不失桃木镇邪的意义，二则表达自己美好心愿，三则装饰门户，以求美观。王安石的诗句"千门万户曈曈日，总把新桃换旧符"，就是对这一习俗的生动描绘。后来人们又在象征喜气吉祥的红纸上写对联，新春之际贴在门窗两边，用以表达祈求来年福运的良好心愿。千百年来，一座老屋，一棵古树，一抹红联，已成为烙印的中国人心目中的淡淡乡愁和浓浓年味儿。

楹联习俗在华人乃至全球使用汉语的地区，以及与汉语汉字有文化渊源的民族中传承、流播，对于弘扬中华民族文化有着重大意义。受汉字影响的国家多有楹联习俗，如韩国、朝鲜、越南、泰国、新加坡、马来西亚等亚洲国家都贴春联。现在"中国年"火遍全球，楹联文化也随之为越来越多的外国友人所认知和喜爱。

店铺春联：平安好运财源广；顺景繁荣事业兴。
（党雪妮摄于泰国曼谷）

民居春联：花香满院春风至；喜气盈门幸福来。
（安妮摄于马来西亚）

第四节 高校楹联文化教育论略

一、高校楹联文化教育的重要意义

高校的楹联文化教育与中小学有所不同。高校学生多是20岁左右的青年，心智已较成熟，有个人的思想见解，有一定的文化知识积累，校园文化丰富多彩，学习环境相对宽松，可以说在高校开展楹联文化教育是很恰当的时机，效果也最好。尤其对于当今众多的未在中小学时期学习过楹联文化的大学生来说，还有机会在大学阶段补上这一课。高校开展楹联文化教育有十分重要的意义。试从以下几个方面加以分析：

首先，高校楹联文化教育有利于提高学生的人文素养、传承中国传统文化。楹联不仅是一种文学艺术形式，更蕴含着丰富的哲理，像格言一样启迪智慧，引人深思，是前人留给我们的一笔精神财富。比如林则徐所撰"苟利国家生死以；岂因祸福避趋之"，体现了鲜明的爱国主义精神。"海纳百川，有容乃大；壁立千仞，无欲则刚"，歌颂了宽容坚毅的传统美德。楹联这种小巧精炼、易于传诵的文体承载了民族精神的内涵，是教育青年，传递民族精神的快捷方式。

林则徐格言联：苟利国家生死以；岂因祸福避趋之。
（侯艳摄于福州林则徐纪念馆）

林则徐格言联：海纳百川，有容乃大；壁立千仞，无欲则刚。
（侯艳摄于福州桂斋）

其次，高校楹联文化教育有利于校园文化与社会交流。中国古代文人有时将对对子作为一种有益的游戏和娱乐手段，当今各高校都开展丰富多彩的社团活动，楹联文化在社团中应当占有一席之地，为爱好文学的学生提供交流学习和休闲娱乐的园地，可以让学生在游戏中拓宽视野，扩大知识面，提高语文水平。对于某些专业的学生来说，学习楹联文化可以更好地促进其社会交流，提高其职业能力，扩大中华国粹的传播范围。比如旅游类专业的学生在今后的工作中必定会接触到旅游景点的楹联，如果他们具备相关的知识则可以更好地阐释景区文化，与游客深入交流，提供更高质量的文化服务。汉语国际教育专业的学生如果了解楹联文化，将来从事教学工作时可以将楹联这一中国文化瑰宝传播到五湖四海，使其成为中外交流的一种媒介，提高中国文化的影响力。

第三，高校楹联文化教育有利于个人情感的抒发。子曰"不学诗，无以言"，古人有"登高而赋"的传统，赋诗言志是人们表达思想、抒发情感的重要手段。楹联形制小巧、应用灵活、易于掌握，可以随时随地用这种形式来记录见闻、抒写自身感情，更好地与他人交流，在楹联作品中留下生活感受个性化的印记诚为乐事。高校楹联文化教育恰可通过引导学生以楹联歌颂真善美，抒情写意，进而达到净化心灵、营造文化氛围的目的。

二、高校楹联文化教育现状

楹联文化一直为人民群众喜闻乐见，然而今天楹联文化的发展却出现了"大雅"与"大俗"两种极端取向。所谓"大雅"，是指当今致力于楹联创作与理论研究的作家、学者较少，能够吟诗作对仿佛只是文人修养的体现，是少数人能够做到的一种高雅的文学活动而已。所谓"大俗"，是指楹联这种文学形式一直都流行于国人的日常生活中，无论名胜古迹还是普通家庭都会张挂楹联，各种节日、庆典、纪念等活动也需要用到楹联。然而普通百姓对楹联的认识也仅限于其实用性而忽略其文学性及文化内涵，有些人认为楹联只不过是春节时张贴在门左右以祈福避祟的一种工具，贴春联只是一项例行的仪式。近些年侯艳调查发现市场上出售的春联有很多不合联律、立意不高的，而一般家庭在选择春联时根本不在意其文字与内涵，甚至张挂春联时把上下联贴反，这些现象都反映出当今大多数人对楹联文化的误解与楹联知识的严重匮乏。

当今高校的楹联文化教育存在很多不足之处。首先，要实现与传统文化教育和中小学楹联教育的无缝对接并非易事。在当前的教育体制下，各级学校都不再以教学生吟诗作对为主要任务，传统文化的传承几乎出现了断层。虽然有一部分中小学校已经开始对学生进行楹联文化通识教育，但目前仍有为数不少的大学生完全没有楹联文化知识基础。

再者，当前高校楹联专业师资力量明显不足，教师自身的楹联文化修养水平还亟待提高。在古典诗文与楹联的创作并不普及的现实环境下，高校文科教师中能够熟练掌握楹联理论与创作技巧的也不多，自然难于在短时间内备好课、讲好课。这种师资力量匮乏的情况令很多高校不具备开设楹联文化教育类课程的客观条件。

目前开设楹联文化课程的高校还不多，对相关教学规律的探索及教学经验都不够丰富。教学本身就是一门艺术，需要长期教学实践经验的积累才能不断提高。已开设有楹联文化教育相关课程的高校也多处于探索阶段，高校的楹联文化教育策略还有待进一步的实践来完善和提高。

近年来，在中国楹联学会的支持和帮助下，先后有数百所大、中、小学校成为中国楹联教育基地，2019年还在白城师范学院成立了中国楹联高校联盟组织。这些学校利用资源优势，发挥基地的教育宣传作用，进行楹联知识普及和楹联创作交流活动，将楹联文化有机地融入校园文化建设中，打造楹联文化建设与交流的新园地。

三、高校楹联文化教育策略

针对高校楹联文化教育现状，侯艳试提出以下几点建议，以期对探索高校楹联文化教育策略有所启示：

第一，高校与中小学的教育规律有很大区别，大学生具备较强的自学能力，因而在楹联文化基础知识方面，建议让学生自学。楹联入门类的书籍相当多，学生可以广泛阅读了解，而且当代大学生还很方便地享有网络资源，应当充分利用网络进行自学。目前国内已有多家专业的楹联网站，如中华国粹网、中国楹联论坛、联都论坛、汉典论坛等，有些网站还开办有"对联网校"传播楹联知识。大学生可以在这类论坛上参与讨论交流，提出疑问或见解，了解楹联的格律及其他知识，不断提高自学与分析问题的能力。

东园别墅联：东来紫气；园茁兰芽。
（李红摄于钦州大芦村）

第二，高校在楹联文化教学过程中可以适时组织学生进行采风活动，根据校情选择好采风地点，设计好行程安排与楹联收集、创作计划。以北部湾大学为例，可以组织学生到附近的灵山县大芦村进行采风。大芦村是全国闻名的"广西楹联第一村"，被国家旅游局评为"第三批历史文化名村"，现存明清两代始建的九个古建筑群落，这些古建筑中较好地保存着明清时期的楹联300多副，可以说是一个古代楹联文化的博览园。北部湾大学师生恰可利用这一得天独厚的历史文化资源，将其作为楹联文化教学基地，适时带学生去参观学习，安排学生收集记录古楹联，回来后各自整理分类，根据课堂学习及自学的楹联知识对这些楹联进行赏析，并从优秀的文化遗产中汲取营养，为楹联创作打下基础。同时，大芦村不仅历史文化源远流长，而且风景优美、生态环境优良，是著名的水果之乡，因而学生在这里还能感受到乡村的自然之美，激发创作灵感。

楹联的创作需要丰富的素材，这是以知识的积累为基础的，比如为风景名胜撰联，就必须要全面了解这处景点的相关历史资料与发展现状，有必要时还须实地考察，这是锻炼学生具象思维能力的一种手段。学生应多到自然中去，"读万卷书，行万里路"，有条件的情况下多进行采风活动为楹联创作储备好资源、培养具象思维的能力。

第三，高校可以聘请知名楹联作家及理论家开展校园讲座。中国楹联学会现在会员上万人，可以说全国各地都有知名联家。广西当代楹联家有些在全国都很有名气，如周继勇、林小然、刘红波、韦代森等。比如钦州市的周继勇先生出身书香门第，自幼学习楹联，在全国各类联赛中获奖无数，创作经验极其丰富，同时他在楹联理论方面也有深厚造诣。高校聘请像周老师这样的校外专家不定期为学生开设讲座定能弥补校内师资的不足，提高学校楹联教学水平。

第四，楹联文化教育最终应落实到楹联赏析与创作中来，楹联文化教学应以提高学生的赏析和创作能力为主要目的。目前有些高校的各种社团活动中开展了楹联创作与交流，这种交流还可以不局限于校内。比如教师可以组织学生积极参加社会各界举办的楹联创作大赛、笔会等活动，锻炼写作能力，促进与各界楹联爱好者的交流。每年全国各地都会组织各种类型的楹联比赛，经常参赛可督促学生勤于练习，多看多写，如果能够在比赛中获奖，更是对学生最好的鼓励，激发其楹联创作的兴趣。有一些针对高校学生的楹联比赛更是同龄人交流学习的好机会，参加这样的活动对高校学生来说是极佳的锻炼机会，可拓宽思路，有利于交流和提高。

总之，楹联文化教育实践性很强，高校在楹联文化课程的设置和改革中还应不断总结经验，转变思路，不把楹联教学局限在课堂的狭小空间内，而应当走出去、请进来，做多方面的尝试，向有利于提高教学效果的方向做更多的努力，为文化传承做出应有的贡献。

第五节　社会征联与当代楹联文化

当代社会对楹联的审美与实用价值的需求都呈现出新的面貌，尤其是在信息化社会中，各种传媒高度发达，楹联创作与应用都呈现出不同于以往的时代特色，而与当今楹联文化与创作的发展方向关系尤为密切的应属广受关注的社会征联活动。

征联活动古已有之，古代文人雅集时出句邀对及同题诗钟都可视为征联，但因其传播方式的局限，一般都是在较小的范围当面唱和，不同于广而告之的社会征联。社会征联是指各级政府、企事业单位或个人通过媒体发布征联信息，面向社会各阶层人士征集楹联作品并组织评审，一般会给获奖作者颁发证书、奖金、奖品等，征联范围有国际性、全国性、地方性或行业性的。随着传媒的发达，清代已有通过报刊发布征联信息的活动，如清光绪二十八年（1902）六月十五日《大公报》即刊登了一则征联揭晓的信息，此次征联评出三甲并给予实物奖励，这种通过公开传媒面向公众开展的有奖征联活动恰是社会征联的基本模式。

近年来，社会征联引发了群众的楹联创作热情，其成果在当代楹联创作中占有重要的地位，甚至在一定程度上影响了大众对楹联的审美取向及其文体变革方向，但是近年来对社会征联活动的理论研究却没能跟上其发展的步伐，尚未出现对其做出全面研讨的成果。1996年8月白化文先生在《中国典籍与文化》发表了题为《评联窥豹》的论文，可以说是对20世纪80年代以来十几年征联成果的一次小结，但其后至今未再出现类似的专题研究，因而有必要进一步深入研究社会征联与当代楹联文化的关系问题。

一、社会征联的兴盛引发了群众创作楹联的热情

楹联发展至今，已历经千余年，在明清时期达到高峰，涌现出许多优秀作品，但长久以来楹联这一专门文体却常常被认为是雕虫小技而没有受到应有的重视，几乎没有哪一家文学史将楹联作为一种专门文体对其文学史地位、文体特点、名家名作等予以详细评骘，有关楹联的理论成果也不多。

现今，随着国家一系列促进优秀传统文化复兴政策的出台，楹联等中国传统文学体裁也越来越受到重视，但由于社会历史等多种原因，传统文化的传承曾一度出现断层。虽然不论名胜古迹还是普通家庭都会张挂楹联，各种节日、庆典、商业活动等也需要用到楹联。但多数人对楹联的认识也仅限于其实用性而忽略其文学性及文化内涵，有些人认为楹联只不过是春节时张贴在门上用以祈福避祟的一种工具，甚至常常有选错联、贴错联的情况。这些现象都反映出当今大多数人对楹联文化的误解与楹联知识的严重匮乏，要改变这种现状需要正确的引导与长期的努力，社会征联活动的广泛开展恰好是新时期楹联文化普及发展的一个契机。

1983年"第一届全国迎春征联"拉开了新时期大规模社会征联活动的序幕，近10年来，随着互联网的迅速发展，网络这一征联的新媒介发挥了越来越大的作用，在网上可以查到的征联信息每年都多达数百条，其中征联单位级别较高、参与人数多、奖金较多的大型赛事每年有两百次以上。无疑，社会征联对当代楹联创作的繁荣起到了极大的促进作用，群众的楹联创作热情空前高涨，创作数量激增，获奖楹联的质量也有所提高。

二、社会征联的应征者队伍渐趋稳定，创作水平不断提高

社会征联对楹联创作的影响并不是简单地表现为应征人数的增加，而是呈现出单次应征联数量波动较大，应征者队伍渐趋稳定，应征联质量不断提高，高水平楹联家增加的趋势。具体表现为一方面社会征联活动经过四十年的发展，逐渐形成了稳定的应征者队伍。据白化文先生1996年的统计："应征者有逐年略见减少之势，群众的热情在下降。最早的几次全国性征联，应征者动辄几十万人，来信能装几十麻袋。而今也就是几千到几万份罢了。"这里所谓的"略见减少之势"，既是就单次征联而言，同时也反映了20世纪80至90年代群众对参加征联活动热情下降的总趋势，这种现象在新时期楹联文化事业振兴的早期阶段是难以避免的，并不能因此否定社会征联对提高群众创作热情与能力的作用。

楹联既是传统文化的载体之一，也是短小精练、生动灵活的一种应用文体，相比诗词歌赋而言更贴近生活，有着更为广泛的群众基础。改革开放之初，人民群众渴求文化知识、希望文化生活丰富多彩的愿望达到高潮，因而有奖征联信息一出，即能吸引数十万人应征。但当时多数群众并未深入了解楹联文体，甚至有人认为字数相等的两句话放在一起就可以叫作对联。因那时群众普遍缺乏楹联文体知识且写作水平较低，数十万应征者中并没有多少人能真正创作出符合联律、立意出新、遣词优雅的对联，加之获奖名额有限，因而绝大多数联作都不能入选。那些屡次落选的应征者几乎都知难而退，单次征联的应征稿件由几十万份逐渐减少到几千至几万份，从数量上看，这种情况从20世纪90年代持续至今。一部分应征者虽然可能不再参与社会征联，但他们仍然会有意识地去关注社会征联的进展，于潜移默化中越来越多地了解楹联文化、学习楹联知识。

在当今网络发达的时代，征联信息可以广泛传播，并能通过电子邮箱收稿，效率大大提高了，但收到的应征联数量基本上跟20世纪90年代持平，一般全国性的赛事都能收到数千副应征联。有些宣传力度较大、获奖面较宽的大型赛事能收到万副以上应征联，如2010年"翼彩五台山"大型文化活动面向国内外楹联爱好者征联，共收到联作34036副，最后评选出215副优秀楹联悬挂于五台山景区内的各个寺庙。这一现象说明应征者总人数虽然有所减少，但应征者队伍渐趋稳定；虽然每次联赛的获奖者基本都是百里挑一、千里挑一，但参赛大军仍能胜不骄、败不馁，把比赛当成是命题写作练习，不断总结经验、坚持创作，总体水平提高

很快。可以说社会征联这种比赛模式，既点燃了普通群众赏联、写联、用联的热情，也筛选、培养了一大批具有专业水平的楹联创作队伍，为新时期楹联创作的振兴打下了人才基础。

三、不同的征联目的对当代楹联文化普及的影响日益增强

当代众多的社会征联活动，因主办单位不同其征联目的也不尽相同，比如中央电视台春节联欢晚会征联的目的一方面是弘扬传统文化，另一方面可以将征集到的优秀作品在除夕夜通过银屏向全国电视观众送春联，其实就是以对联的形式给全国人民拜年、送欢乐、送祝福。有些刊物征联可以丰富栏目，宣传楹联知识，这些都可以说是寓教于乐地普及了楹联文化。另外，社会征联还有广告宣传、加强企业文化等多种目的，这些都对当代楹联文化的普及产生了相应的影响。

首先，报纸杂志征联的主要目的是促进栏目形式的多样化、宣传楹联文化知识，培养楹联创作人才，丰富群众的文化生活。比如《中华楹联报》设立了"三味奇杯"与"小江南杯"两个擂台赛，每月各举办一期，每期由中国楹联学会副会长方留聚出一个上联，面向全国楹联爱好者公开征下联。这两个擂台赛采取由楹联专业报刊主办，由企业赞助奖金的形式，定期举办，公开征集，每期截稿后一周内由专家评出冠军、亚军、季军各一名、优秀奖若干名，获奖者每次都能得到相应的积分，每年按积分多少评出"十大攻擂手"和"十佳攻擂手"，因这两个擂台赛组织得当、评奖公正、效率高，在楹联界声誉极高。方会长所出联句质量很高、"机关"重重，包括谐音、同旁、用典、集句、双关、数字连用等多种楹联技巧，应对难度很大，每期获奖对句都在报刊相应栏目发表，并由楹联专家剖析"机关"、点评佳句，应征者与报刊读者在积极思考完成对句以及学习专家点评的过程中增加了楹联创作的兴趣，积累了楹联知识。《中华楹联报》的征联专栏可以说是真正发挥了专业报刊宣传指导楹联创作的作用，取得了良好的社会影响。

除了专业的楹联类刊物以外，一些综合性的报纸杂志为了丰富版面，长期连续征联并刊登优秀应征对句给予稿酬，在增加刊物可读性的同时，也扩大了楹联文化的影响。如《文史天地》杂志设立了楹联征对栏目，每期给出三个上联或下联征对，征集到的优秀对句将在杂志发表并给予稿酬，每期参与这项活动的应征者都有200人以上，年龄阶段从11岁到94岁。其他如《邵阳晚报》专门设立"巧联句"栏目征对，因其出句趣

味性强，吸引了不少应对者，其社会影响也比较大。

其次，景区征联既能点明该景点的历史文化内涵，也让游客获得文化的审美享受。剑阁"蜀道剑门关"的征联活动，其目的就是为景点配联，提升景区的文化品位。剑阁历史悠久，是一处集自然风光与人文遗迹于一体的大型景区，剑门蜀道开通于秦代，连通着剑门关、翠云廊、遍布古代摩崖石刻的鹤鸣山以及觉苑寺等众多景点，若没有一定的历史知识，游览景点的兴趣和意义必然会打折扣。因而中国楹联学会与剑阁县人民政府面向社会征集适合张挂于相应景点的对联，希望游客通过阅读这些简明精练、能概括景点特色的楹联而尽快地了解该景点的历史文化内涵，以激发游览热情，增广见闻。主办方在征联启事中明确规定了征联目的，即展示和弘扬蜀道文化、三国文化、关隘文化、红色文化。主要征联景点有剑门关、翠云廊、鹤鸣山、姜维祠、二贤祠、兼山书院等。明确的要求有利于应征者的构思与创作，自然也征集到不少佳联，对联与美景互相映衬，令往来游客在不知不觉中感受了楹联艺术的魅力，实现了景区寓教于乐的深层次文化价值。

再次，社会征联能起到很好的广告宣传作用。"征联广告，不但具有一般广告塑造企业形象的告知性，而且能调动不同文化层次的人们积极参与广告制作和宣传过程，融民族性、娱乐性、商业性、知识性于一体，产生了巨大的社会效应，实不失为独具魅力的一种商业广告。"比如近年来影响较大的有河南南阳赊店老酒举办的全国征联活动，此次活动因奖金丰厚、奖项多而引起了广泛的关注，多家媒体及楹联网站都做了相关的宣传报道，在不到一个月的征联期内就收到了全国各地应征的楹联作品8000多副，参与者1600多人，如此高的关注度，对赊店老酒的品牌起到了很好的宣传推广效果。当今企业的市场竞争力主要体现在品牌上，这次成功的征联活动无疑提升了赊店老酒品牌的文化影响力，让更多人了解了赊店老酒生态酿造工业园区建设项目，为企业自身带来巨大的经济效益。

总之，社会征联的发展促进了楹联文体地位的提高、发展了稳定的楹联作者队伍、体现了楹联的商业价值、增强了企业文化氛围，是现代社会普及楹联文化的一种重要形式。

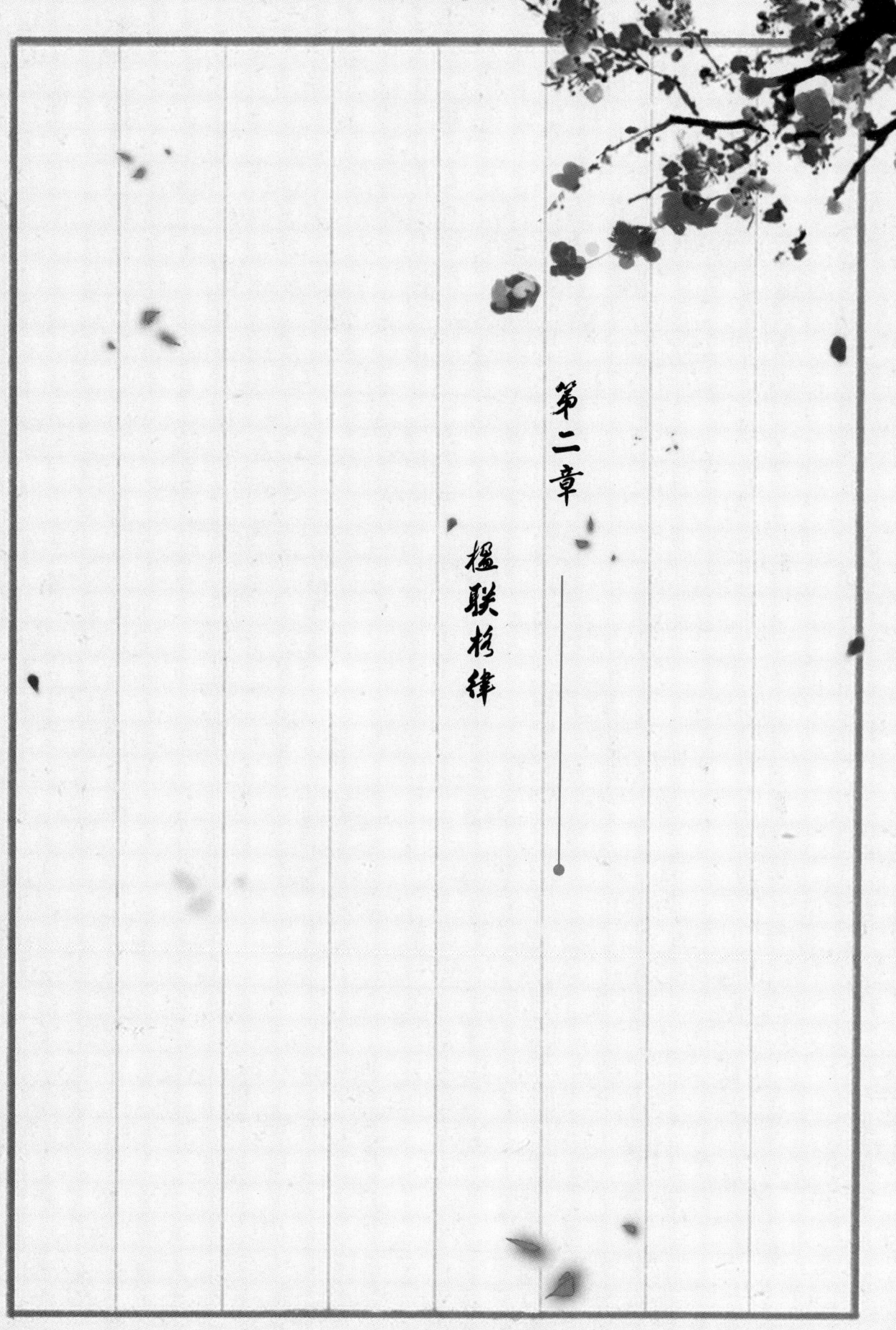

第二章

楹联格律

第一节　楹联音律

楹联格律包括音律和对仗。不同于音乐所说的音律，楹联的音律主要指平仄的分辨与应用。平仄，指平声和仄声。汉语中的字，不属平声便属仄声。平与仄由每个字的声调来决定。

一、楹联的平仄规律

平仄相对是楹联中最重要的要求之一。楹联同诗词一样，是一种特殊的传统的、具有实用价值和审美价值的音韵文学艺术形式，讲究用字的平仄，保持声调和谐、抑扬顿挫，使其读起来节奏分明、富有旋律、朗朗上口、悦耳动听，达到一种音乐美的境界。所谓平仄相对，就是指上下联语句节奏点平仄声调相反。具体来讲，有以下几种的含义：

1. 单句联及多句联分句中的平仄安排

一句之内的若干节奏点上要平仄交替，而上下联对应的节奏点上要平仄相反，这就需要能够分辨平仄和确定节奏点。首先，在现代汉语的四声（以下简称新四声）中平声字包括阴平和阳平两个声调，仄声字包括上声和去声两个声调；在古代汉语的四声（以下简称旧四声）中平声字仅包括平声一个声调，上声、去声和入声都属于仄声。确定节奏点相对复杂一些，或按声律节奏，或按语意节奏。

从语流节奏方面研究传统楹联可知，虽然按二字为一节奏单位的情况，也就是"声律节奏"占了绝大多数，但还是存在着大量并不按二字为一声律节奏的情况。因为在历代传世楹联中，数量最多的是五言、七言诗句式的楹联，稍长一点的楹联中，也多是四七式的十一言联和五七式的十二言联，所以，这一客观现实决定了声律节奏占了大多数。具体地说，四言只有一种格式："平平仄仄，仄仄平平。"五言有两种格式："仄仄平平仄，平平仄仄平。""平平平仄仄，仄仄仄平平。"七言也有两种格式："平平仄仄平平仄，仄仄平平仄仄平。""仄仄平平平仄仄，平平仄仄仄平平。"这些都是标准的诗的句式，当然只合乎声律节奏。在这种节奏类型之外，我们还时常遇到其他的节奏类型，因为五言、七言律诗句式都是最后一个字占一个节奏，当我们把这个单独占一个节奏的单字移到句子最前面时，就出现了与古典词中的领字一样的句式，五言句则成为一四式的句子，如："享世间清福；寄物外闲身。"这一联如果以第二字和第四字论节奏点，则会显得不合律，但若以第一字单独为一个节奏，则后四字仍按二字一节，节奏点则移到了第三字和第五字上。七言联若把最后一字前移，也是如此，如："春来也鱼龙变化；时至哉桃李芳菲。"这一联若以七言律句论其平仄自然是出律的，但若以前三字为一个节奏单位，形成三四式的七言联语，后四字仍以二字为节，节奏点则会在第三字、第五字和第七字上，就符合平仄相对的规则。

2. 多句联的各分句之句脚安排有"马蹄格"（或"马蹄韵"）"朱氏规则""李氏规则"等不同规则

现在比较常用的是"马蹄格"，指除尾句特定的平仄安排以外，句脚按顺序形成两平两仄的交错安排，即句脚声调按顺序形成两平两仄的交错。"朱氏规则"也是主要的格式之一，其特征是上联各句之句脚，除尾句收于仄声外，其余都是平声。所以，对三句及三句以下的多句联而言，朱氏规则与马蹄格的正格是相通的、一致的。据吴恭亨《对联话》所记，他幼年时向其师朱先敏请教楹联的句法问题，朱氏告诉他一副对联无论单边有多少个分句，都要遵循上联除了最后一个分句句脚用仄声以外，其他分句句脚都用平声，下联最后一个分句句脚用平声，其他分句句脚都用仄声。根据这一记载，余德泉教授将这一句脚规则称为"朱氏规则"。"李氏规则"据说是明代著名楹联家李开先最先使用的，其用法是每个分句的句脚都要进行平仄交替，形成仄平仄、平仄平；平仄平仄、仄平仄平这样的格式。从总结楹联创作规律的角度来讲，这几种形式无所谓对与错，不管是哪种规则都不能全面概括所有的楹联创作，可以根据楹联的内容与情感因素来选择使用。这三种规则形式如下：

（1）马蹄格句脚平仄基本格式，以上联为例：

一句：仄

二句：平仄

三句：平平仄

四句：仄平平仄

五句：仄仄平平仄

六句：平仄仄平平仄

……

（2）马蹄格变格句脚平仄基本格式，以上联为例：

一句：仄

二句：平仄

三句：平仄仄

四句：平平仄仄

五句：仄平平仄仄

六句：仄仄平平仄仄

……

（3）朱氏规则句脚平仄基本格式，以上联为例：

一句：仄

二句：平仄

三句：平平仄

四句：平平平仄

五句：平平平平仄

六句：平平平平平仄

……

（4）李氏规则句脚平仄基本格式，以上联为例：

一句：仄

二句：平仄

三句：仄平仄

四句：平仄平仄

五句：仄平仄平仄

六句：平仄平仄平仄

……

试以以下几副侯艳所撰多分句长联为例，说明句脚平仄的具体运用：

题元宵节联：

倾城士女闹元宵，且看几多快意人，和春而醉；
　　　　　（平）　　　　　（平）　　（仄）
两岸鱼龙明盛世，还期万里团圆月，同夜未央。
　　　　　（仄）　　　　　（仄）　　（平）

句脚安排为"平平仄；仄仄平"，符合"马蹄格"与"朱氏规则"。

题胶河景区联：

白羊映日，曲水流霞，人与青春共醉；
　（仄）　　　（平）　　　　（仄）

晏冢临风，轻舟载酒，诗同素月分辉。
　（平）　　　（仄）　　　　（平）

句脚安排为"仄平仄；平仄平"，符合"李氏规则"。

题南安雪峰寺：

峰聚五僧，云栖五老，慕尘外清幽，偕来品茗探梅雪；
　（平）　　　（仄）　　　（平）　　　　　（仄）

法传双叶，脉衍千秋，看堂前络绎，俱是捧心拜祖庭。
　（仄）　　　（平）　　　（仄）　　　　　（平）

句脚安排为"平仄平仄；仄平仄平"，符合"李氏规则"。

贺唐玉润先生九十华诞联其一：

九秩修龄，九如君子，冰心玉骨德风润；
　（平）　　　（仄）　　　　（仄）

一枝湘管，一片深情，铁划银钩艺海馨。
　（仄）　　　（平）　　　　（平）

句脚安排为"平仄仄；仄平平"，上联末尾两句连仄，下联末两句连平，属于"马蹄韵"的变格。

贺唐玉润先生九十华诞联其二：

大千曼妙，喜花鸟含情，玉宇生香，笔底烟霞凭写意；
　（仄）　　　（平）　　　（平）　　　　（仄）

九秩从容，念家国系梦，仁心润物，胸中丘壑自舒怀。
　（平）　　　（仄）　　　（仄）　　　　（平）

句脚安排为"仄平平仄；平仄仄平"，符合"马蹄韵"的规则。

3. 上联尾字用仄声，下联尾字用平声

这是因为仄声字洪亮，有顿挫感，平声字韵味舒长，有悠扬不尽的意味，使人读起来顺畅、深长，有稳定感。排除历史上出现过的个别相反例证，在当今的楹联创作中，这已经形成了一种最基本的定则。如清代严寅这题四川江油匡山书院联：

望远特登楼，分明几座村庄，红杏丛中沽酒旆；

（仄仄仄平平　平平仄仄平平　平仄平平平仄仄）

感怀凭倚槛，遥忆先生杖履，白云深处读书台。

（仄平平仄仄　平仄平平仄仄　平平平仄仄平平）

上下联分别由五言、六言、七言三个分句构成，各分句句内节奏点依循正格安排平仄交替，而上下联之相应节奏点平仄相反，上下联分句句脚平仄分别为"平平仄""仄仄平"。联语以"登楼""倚槛"作喻，令节奏和谐，酣畅可诵，即景生情，感怀寄意，勉励学子求知须更上一层楼，切合教育之宗旨。

4. 基本的平仄格式

讲究平仄，达到调配和谐，吟起来抑扬顿挫、优美悦耳，能给人以听觉上的美感。根据这一平仄交错与平仄相对的要求，在实际楹联创作中，以声律节奏即两个字为一个节奏点的为基本情况下，形成以下基本的平仄格式，一般称为正格：

一言联：仄/平

二言联：仄仄/平平；平平/仄平。

三言联：平平仄/仄仄平；平仄仄/仄平平。

四言联：平平仄仄/仄仄平平；仄仄平平/平平仄平。

五言联：仄仄平平仄/平平仄仄平；平平平仄仄/仄仄仄平平。

六言联：仄仄平平仄仄/平平仄仄平平。

七言联：仄仄平平平仄仄/平平仄仄仄平平；平平仄仄平平仄/仄仄平平仄仄平。

试以下侯艳所撰六副楹联六副举例，其中包含有四字句、五字句、六字句和七字句：

自题书斋联：

一盏清醪容我醉；

（仄仄平平平仄仄）

五湖烟雨待人归。

（仄平平仄仄平平）

滦州古城文庙孔子像联：

嘉客流连，深追乃志；

（平仄平平　平平仄仄）

高山仰止，永慕斯文。
（平平仄仄　仄仄平平）

题香囊联：
沅芷澧兰，为君子佩；
（平仄仄平　平平仄仄）
红丝彩缕，系美人心。
（平平仄仄　仄仄平平）

五台山殊像寺山门正面联：
何必觅因缘？因缘自在；
（平仄仄平平　平平仄仄）
且休观色相！色相皆空。
（仄平平仄仄　仄仄平平）

云台寺藏经阁联：
念念蕴心香，常慕真如境界；
（仄仄仄平平　平仄平平仄仄）
时时翻贝叶，自明般若因缘。
（平平平仄仄　仄平平仄平平）

题田林北路壮剧：
土调土腔，马骨弦歌云外响；
（仄仄仄平　仄仄平平平仄仄）
乡情乡韵，壮家风采戏中浓。
（平平平仄　仄平平仄仄平平）

二、"新四声"与"旧四声"

汉语的声调通称四声，可分为"新四声"与"旧四声"。新四声是指现代汉语普通话中的阴平、阳平、上声和去声四个声调。旧四声指的是古汉语中的平、上、去、入四个声调。关于在诗词楹联创作中使用新四声还是旧四声（或称老四声、旧四声）的问题，一直有所争论。主张以新四声定平仄者认为，随着普通话的推广，新四声运用会越来越广泛，它代表着潮流和方向，因此应当提倡。主张以旧四声定平仄者认为，旧四声的运用有着悠久的历史，前人都是按旧四声进行创作的，还有大量的方言作为其存在的基础，这些方言代表着丰富的地方文化，而文化必须是多元的，地方文化不会在短时间内消失，所以旧四声不能废弃。两者都有一定的道理，因而现在《联律通则》里明确规定了新旧四声都可以用，在楹联创作中实行双轨并行，但在同一联中新旧不能混用。事实证明这一做法是切实可行的，对新时代楹联创作起到了促进作用。在具体写作中应注意以下几点：

（1）旧四声与新四声虽然是两个系统，但其对应性是很强的。就是说它们的共同点是主要的，差异相对于共同点来说要小得多。即以旧四声的入声字而言，大部分都归到仄声字里去了，跑到平声字里的只有300来个字，官话区只知道新四声的人记住这300来个字，把它放回仄声字里去，再按阴阳上去的四声定平仄，问题就解决了。

（2）如果是在北方方言或者官话区，人们不熟悉入声字，一定要他们用旧四声来写楹联，这不仅是有意为难，也不符合人性化的原则，而且写出之后读起来也别扭。让不熟悉普通话的南方方言区的人用新四声来写亦然。不如顺其自然，由创作者根据自己的特长来选择用新轨还是老轨。

（3）实行双轨并行好处很多，但在音律教学中要分清对象，分阶段视情形而定，根据不同对象在不同时期提出不同的要求。比如小学生学楹联，如果要介绍一点平仄知识，应以介绍新四声为主。中学阶段，可以灵活处理。一般以介绍新四声为主，也可逐步要求掌握旧四声，特别是凭直觉就能分辨出入声字的地区，通过方言就可以将旧四声定出来，为什么不去掌握旧四声呢？即使官话区的人，只要记住一些特别的字，将新四声转换为旧四声也不困难。在大学阶段，则必须让学生掌握旧四声，否则就无法与传统接轨。

三、旧四声中的入声字与新四声的对应关系

旧四声中平声与新四声的阴平和阳平相对应，其上声与新四声的上声相对应，其去声与新四声的去声相对应，其入声分别派入了新四声的四个声调之中。可见新旧四声的区别主要在于入声字的变化。对于诗词楹联的鉴赏与创作来说，掌握音律首先要能区分平仄。入声字与去声字都属于仄声，对于那些派入上声和去声的入声字来说，其平仄并没有发

生变化，仍然是仄声，对格律无影响，但是派入阴平和阳平的入声字，则由仄声变成了平声，对格律影响很大。比如入声字"出""息"在普通话中为"阴平"，"国""学"在普通话中为"阳平"，如果掌握了这部分字的变化规律就可以分别了解新四声与旧四声在楹联中的应用。

当今提倡在楹联创作中实行新旧四声双轨并行，有些楹联用新声和旧声读声律平仄相同，有些因为入声字变成平声而出现新旧声平仄不同的情况，比如"雪映红梅梅映雪；春织绿叶叶织春"，这一联中的"织"字古为入声，现为平声，按普通话来读就符合格律，用古声的话就出律了，因而这一联只能算作新声联，不能按古声读。然而对于一些不管用古声读还是用新声读都不符合格律的楹联则不能采取有的字按新声、有的字按古声的方法来读，意为同一副楹联中不能新旧声混用，出现新旧声混用才能读通的话只能算作是出律的不合格作品。

现列出派入普通话平声字中的常用入声字供参考：

1. 派入普通话阴平调的古入声字：

阿 八 擦 插 锸 搭 嗒 褡 奔 发（发达） 刮 栝 夹 浃 邀 㧺 撒 杀 煞（煞尾） 铩 襫 挖 瞎 鸭 压 押 匝 咂 扎 剥 拨 钵 鲅（鲃） 撮 掇 咄 裰 踔 剟 啯 蝈 呙 摸 泼 朴（朴刀） 说 戍 戳 缩 脱 托 饦 桌 捉 拙 涿 卓 梲 作（作揖） 鸽 割 胳 疙 纥（纥缝） 咯 喝 嗑 瞌 颏 搕（磕） 着 蛰（蜇） 鳖 憋 跌 接 揭 撅 撇 捏 撒 瞥 切（切磋） 缺 阙（阙如） 贴 帖 歇 蝎 楔 削（削弱） 薛 喧 约 曰 吃 失 湿 虱 只（只言片语） 汁 织 逼 滴 积 激 击 屐 咭 唧 渍 劈 霹 七 柒 戚 漆 喊 缉 剔 踢 息 昔 惜 夕 吸 悉 膝 析 浙 蜥 晰 窸 蟋 螅 晢 腊 壹 揖 忽 惚 唿 欻 哭 窟 扑 仆（前仆后继） 噗 淑 菽 叔 秃 突 屋 铡 掬 鞠 跼 鞫 曲（曲直） 屈 蛐 诎 摘

2. 派入普通话阳平调的古入声字：

拔 跋 苃 魃 察 达 答 怛 瘩 缝 躂 笪 乏 伐 罚 筏 阀 垡 茷 轧（轧账） 滑 猾 划（划船） 夹 铗 荚 颊 戛 蛱 鵊 恝 侠 狭 匣 辖 狎 硖 柙 黠 呷 挟 杂 砸 闸 札 扎 炸 轧（轧钢） 铡 喋（喋喋） 啼 伯 薄 白 百 柏 箔 驳 帛 舶 膊 雹 勃 鈸 搏 踣 礴 怫 卜（通仆） 鹁 渤 字 浡 荸 镈 餺 襮 襮 铂 夺 铎 澤 佛 国 掴 帼 虢[漍] 活 膜 橐 酌 浊 斫 濯 茁 着（着意） 灼 啄 琢 缴（zhuó） 镯 擢 诼 鸶 涅 昨 作（作践） 笮（笮桥） 捽 得 德

额 格 阁 革 葛（纠葛） 隔 蛤 骼 轕 膈 嗝 嗝（胶嗝） 合 涸 盒 劾 核 翮 阖 龁 貉 纥（回纥） 曷 盍 鹖 咳 壳 搿 舌 折（折耗） 责 则 泽 贼 择 赜 帻 舴 鲗 咋 啧 哲 折（折中） 摺 谪 宅 蛰 磔 轵 辙 翟 蜇 晢 別 蹩 蝶 叠 迭 牒 堞 谍 碟 喋 蹀 耋 鲽 跕 昳 垤 哇 跕 结 洁 杰 节 截 竭 劫 捷 睫 碣 诘 孑 疖 撷 桀 讦 桔 拮 楬 颉（仓颉） 角（角逐） 脚 觉 决 绝 爵 诀 谲 厥 蕨 崛 抉 嚼 掘 橛 獗 镢 獗 鳜 潏 玦 珏 孓 觖 攫 桷 刚 熠 倔（倔强） 矍 荼 协 胁（胁迫） 缬 颉（颉颃） 撷 勰 絜 学 穴 噱 石 食 实 识 蚀 拾 十 什 直 值 植 殖 执 职 侄 跖 絷 埴 摭 踯 鼻 荸 敌 笛 涤 的 荻 迪 狄 籴 覿 翟（墨翟） 镝 嫡 蹢 靮 极 级 疾 集 吉 即 及 籍 瘠 楫 辑 脊 唧 笈 岌 汲 棘 亟 革 藉 嫉 芨 墼 踖 蒺 鹡 戢 殛 席 习 袭 媳 锡 熄 檄 隙 裼 读 毒 独 腴 犊 渎 椟 牍 髑 髑 顿（冒顿） 纛 福 服 伏 拂 幅 辐 袱 幞 佛 茀 绋 被 绂 洑 黻 蝠 黻 怫 艴 茯 氟 骨（骨头） 鹘 鹘 斛 縠 仆 朴（姓朴） 璞 醭 濮 蹼 熟 赎 孰 塾 秫 俗 竹 逐 烛 躅 蠋 舳 竺 术（白术） 瘃 足 族 卒 镞 局 橘 菊 侷 踢 轴 碡 妯

古汉语入声字今读平声的常用字（按字母排列）

A 啊
B 八 捌 剥 逼 憋 鳖 瘪（瘪三） 拨 钵 拔 跋 白 薄 雹 鼻 勃 渤 博 搏 膊 帛 泊 驳 伯 箔 舶
C 擦 插 拆 吃 出 戳 撮 察
D 答 搭 滴 跌 督 咄 达 得 德 狄 荻 迪 的（的确） 涤 敌 嫡 笛 籴 迭 谍 堞 牒 碟 蝶 叠 毒 独 读 渎 犊 黩 夺 度 踱 铎
E 额
F 发 乏 伐 筏 罚 阀 佛 弗 怫 拂 伏 袱 服 幅 福 辐 蝠
G 疙 胳 鸽 搁 割 骨 刮 鹘 郭 聒 蝈 轧 阁 格 蛤 革 隔 嗝 膈 葛 国 掴 帼
H 喝 黑 嘿 忽 惚 淴 唿 豁 合 盒 颌 核 涸 阂 阖 貉 阍 斛 滑 搳 活
J 击 唧 积 屐 绩 缉 激 夹 结 接 揭 掬 鞠 撅 及 汲 级 极 吉 亟 急 疾 嫉 棘 集 瘠 藉 籍 颊 嚼 孑 节 杰 劫 洁 诘 捷 竭 截 睫 局 菊 决 诀 抉 觉 珏 绝 倔 掘 崛 厥 獗 镢 爵 嚼

K 磕 瞌 哭 窟 壳 咳

L 勒 捋

M 抹 摸 没 膜

N 捏

P 拍 劈 霹 撇 瞥 朴 泼 泊 扑 仆 枇 璞

Q 七 戚 漆 掐 切 曲 蛐 屈 缺 阙

S 撒（撒手） 塞（瓶塞儿） 杀 刹（刹车） 失 虱 湿 叔 淑 刷 说 缩 朔 勺 芍 杓 舌 十 什 石 识 实 食 拾 蚀 孰 塾 熟 赎 俗

T 塌 剔 踢 帖（服帖） 贴 凸 秃 突 托 脱

W 挖 屋

X 夕 汐 矽 吸 昔 惜 析 淅 晰 息 熄 悉 蟋 锡 膝 蜥 瞎 歇 蝎 楔 削 习 席 袭 媳 檄 匣 侠 峡 狭 硖 辖 胁 协 挟 穴 学

Y 压 押 鸭 喧 壹 揖 约 曰

Z 匝 咂 扎 摘 汁 只（一只） 织 粥 拙 卓 桌 涿 捉 作（作坊） 杂 砸 凿 责 则 泽 择 贼 扎（挣扎） 轧 闸 铡 宅 翟 着 折 哲 蜇 蛰 辄 辙 执 直 值 殖 侄 职 妯 轴 竹 竺 烛 逐 灼 酌 茁 镯 啄 琢 卒 族 足 昨

第二节　楹联对仗

对仗是楹联最基本的特点，没有对仗，就没有楹联。楹联对仗是严格而灵活的，有工对与宽对之分；楹联对仗的形式是多样的，有正对、反对、串对；按照对仗技巧，楹联还可以划分为自对、借对等。这些共同组成了楹联较为完整的对仗体系。

一、对仗的基本要求

楹联对仗的基本要求是字句相等、词性相同、结构相应、节奏一致。
（1）字句相等是指一副楹联的上下联字数和句数都要相同，上联是一句七言，下联也要以一句七言应对，如果上联是二句十一言，下联也要求是二句十一言，并且每个对应的分句字数也要相等。以侯艳所撰联为例：

五言联（题琴韵楼）：真情迎远客；琴韵待知音。
七言联（题半山亭）：淡淡花香留客路；盈盈笑语驻彩云。

十言联（题小站练兵）：玉粒飘香，小站早膺盛誉；新军励志，中华更响惊雷。

十五言联（题小站练兵）：首练新兵，锐意改革，重镇增辉军事史；长存猛志，倾情建设，津门奋棹海疆潮。

字句相等虽是楹联的基本形制，但楹联史上也出现过上下联字数不同的特例。这样字句不等的楹联中最著名的当数民国初年某名士送袁世凯的一副挽联，上联"袁世凯千古"五个字，下联是"中华民族万岁"六个字。这副联看上去根本不能成对，但内容联起来却十分完整，言外之意是"万岁"对得起"千古"，但是"袁世凯"却对不起"中华民族"。作者正是利用了上下联字数的差异来表达"对不起"的意思，构思可谓绝妙，堪称楹联中的一朵奇葩。

（2）词性相同是指上下联对应位置要求用词性相同的词。词性在我国古代称为词类，与现代的词性分类相比，像名词、形容词、动词、副词、虚词、代词等大类古今基本相同，但古代词类特别将数词、颜色词和方位词这三类单列出来，说明这三类词有一定的特殊性，在诗词创作中独具特色，一般不与其他词类成对。如以侯艳所撰联为例：

数词联（题泉州南音）：南音一曲，千秋古韵和风至；秀色千重，二脉花香涉水来。

颜色词联（题翼然亭）：青峰数点凭栏望；彩翼一双逐梦飞。

方位词联（题坝背村）：坝前无量水；背后有容山。

（3）结构相应是指上下联相同位置应使用相同的语法结构。例如："寺古僧稀，常引烟霞为伴侣；山深世隔，只凭花木记春秋。"这一联上联是个因果复句，下联也是因果复句，句子结构相同。上联第一分句"寺古僧稀"是由两个主谓词构成的并列结构，下联第一分句"山深世隔"结构完全与之相同。上联第二分句"常引"是偏正动词，"烟霞"是联合名词，"常引烟霞"是动宾结构，"伴侣"是联合名词，"为伴侣"是动宾结构，这两个动宾结构组成一个偏正结构，与第一分句构成因果关系。下联第二分句"只凭花木记春秋"的构成与"常引烟霞为伴侣"完全相同，这副楹联可以说结构对仗非常严谨。

（4）节奏是指词语间短暂的停顿，节奏一致就是要求上下联根据语意自然停顿的地方应该在同一个位置，停连节奏要一致。节奏性停顿的目的不仅是为了简单的歇气，停顿得适当还可以使语意显得更加明晰，有助于表情达意。要注意的是停顿的地方不能割裂语意，同时为了保持连贯性，使阅读顺畅，能不停顿的地方尽量不停顿。如：

共醉花都，享百代/寿乡福地/天然趣；
更开阆苑，谱一章/锦卷霞笺/生态诗。

侯艳所撰这副联上下联各十二字，第二分句用了较长的句式，结构是用一个动词领字领一个有三个修饰词的名词构成一个动宾结构。上联的"享"字和下联的"谱"字都是领字，一般楹联会在领字后面划分节奏以起强调作用，这副联中"享百代"和"谱一章"语意关系较紧密，不宜在领字后停顿。"寿乡福地"与"锦卷霞笺"虽然都可以看作是联合短语，可以分成两个词，但在词意上关联性较强，具有连贯性，不宜在此划分节奏停顿。"趣"和"诗"作为被修饰的主要名词，前面的修饰词较多，必须要适当停顿，因而分别在"百代""寿乡福地"和"一章""锦卷霞笺"后停顿，既有助于调节节奏，也保持了连贯性。

二、对仗的"严"与"宽"

人们常把那些对仗处理不当的楹联叫作"对仗不工"。所谓"工"，是指工整、严格、规范的意思。根据"工"的程度，楹联可分为严对与宽对两个类型。

（一）严对

严对一般称为工对，是指完全按词性相同、结构相同、节奏相同，在节奏点上平仄相对的要求所做的楹联。严对对词性对仗有以下要求：

（1）同类词对仗，即按照律诗的对仗情况，可以将词分为九类：名词、形容词、数词、颜色词、方位词、动词、副词、虚词（泛指文言虚词）、代词。用同一类词进行对仗，属于严对。与现代汉语中词性划分的主要区别在于将颜色词和方位词单独划分成类。以颜色词为对的如："碧汉空中悬古寺；白云堆里响残钟。"以方位词成对的如："座右图书娱画景；庭前松竹蕴春风。"

（2）名词中的各小类对仗。古代汉语将名词又细分为 14 个小类，这些小类对仗，是更为严格的"词性相同之处"。这 14 个小类分别是：天文类、时令类、地理类、宫室类、器物类、衣饰类、饮食类、文具类、文学类、草木类、动物类、形体类、人事类、人伦类。

（3）专用词对仗。专用词是特殊的名词，专用词对仗主要有人名对，如："唐来杜甫，宋来涪翁，遗迹沿存册焕彩；前有刘华，后有一曼，英风长继地增辉。"药名对，如："稚子牵牛耕熟地；将军打马过常山。"曲牌名对，如："水仙子持碧玉箫，风前吹出声声慢；虞美人穿红绣鞋，月下引来步步娇。"专有名词对，如："帝国主义尚未灭亡，雄心犹有遗恨；和平阵营已趋巩固，众志必可成城。"

（4）联绵词对仗。古代汉语中的联绵词包括叠字、双声、叠韵三种情况。联绵词成对也属严对。叠字对如："烟雨楼台，革命萌生，此间曾著星星火；风云世界，逢春蛰起，到处皆闻殷殷雷。"双声对如："百卉横丛，轻烟葱翠；群峰上下，佳气纷敷。"叠韵对如："汉水接苍茫，看滚滚江涛，流不尽云影天光，万里朝宗东入海；锦城通咫尺，听纷纷丝管，送来些鸟声花气，四时佳兴此登楼。"

（二）宽对

宽对并非不严，而是尺度有所放宽。严对中的对仗模式虽然有，但能如此严格做到的并不多，完全按名词14小类对仗的更少。因此，严对往往是带有理论色彩的，宽对往往是比较实用的。宽对与严对的不同主要表现在对仗的几个方面。

（1）结构上的要求放宽。严对不但要求上下联结构句式相同，而且各种句子成分的安排顺序也要相同。多数楹联都能做到这一点，然而为了内容的需要，在结构上可以进行适当的变通，成为宽对。宽对主要有两种情况，一是主要句子成分（主语、谓语）具备，各种句子成分可以有增减移动的变化。如河南信陵君庙联："大河南北望；万里风云通。"这一联的上下联都是主谓式："大河（主语）南北（状语）望（谓语）；万里（定语）风云（主语）通（谓语）。"除了谓语位置相同外，其他都有变化，显然，这是为了对仗的需要而变化调整的。二是主谓句和无主句可以在联中上下对仗出现，如："犹似昨日共笑语；恍惚今时汝尚存。"上联是无主句，"共"作谓语，"笑语"是宾语；下联是主谓句，"汝"是主语，"存"是谓语。这两种句式能对仗是因为它们在结构上有相似之处，即都必须有简单谓语；而且，在短联中，无主句和省略主语也不容易分得很清。主谓句与其他句式相差较大，难以在同一联中分别出现；倘若出现了，则属于对仗不工。

（2）节奏上的要求放宽。第一，允许语意节奏和声律节奏不完全一致，如"白眼观天下；丹心报国家。"语意节奏上下联都是"二一二"，但声律节奏是"二二一"，即"观天""报国"算在一节之中，以"天""国"

作为安排平仄的节奏点。这种情况相当普遍。但无论如何，上下联的节奏必须相同：不能上联为"二一二"，下联节奏为"二二一"。第二，允许在联中自对时，上下联的节奏不同。如郭沫若挽音乐家张曙联："黄自死于病，聂耳死于海，张曙死于敌机轰炸，重责寄我辈肩头，风云继起；抗敌歌在前，大路歌在后，洪波歌在圣战时期，壮声破敌奴肝胆，豪杰其兴。"上联的前两个分句语意节奏是"二二一"；下联前两个分句语意节奏是"二一二"。因为这里采用了句中自对的格式，即上下联的前两个分句分别成对，因而虽然节奏不同但可算宽对。

（3）词性对仗放宽。词性是否对仗，能给人以突出的印象，故而人们谈宽对，也是以词性的放宽尺度为主要内容。实际情况也是词性对仗的尺度伸缩性相当大，有一种"不断降格"的趋势。第一，名词各小类间没有界限，各小类可以任意取对，如："诗写梅花月；茶煎谷雨春。"这一联中的四对构成对仗的名词，它们两两都不属于同一小类："诗"是文学类，"茶"是饮食类，"梅"是草木类，"谷"是饮食类，"花"是草木类，"雨"和"月"是天文类，"春"是时令类。第二，专用词没有固定界限。不是一类的专用词也可以对仗，甚至专用词也可以与非专用词对仗，如："几世几春秋，每门外汉到来，必说一番东吴景帝；诸天诸菩萨，自宇文周望祭，成第二个南岳衡山。"这个例子比较典型。"东吴景帝"是人名，与"南岳衡山"这一地名对仗，"宇文周"是人名，与普通名词"门外汉"为对，专名对普通名词，显然不受专用词相对的限制了。第三，只要名词对名词即可，而不必管是否"小类成对""专用成对"。如四川都江堰李冰父子庙联："一门两禹；六字千秋。"这一联中"门"属宫室类与文学类的"字"对仗，"禹"是人名与时令类的"秋"对仗，都打破了名词小类对和专用词对的界限。第四，只要形容词对形容词即可，把颜色词作一般形容词对待，如"潭碧自评月；崖高欲说云。"联中"碧"为颜色词，"高"为一般形容词，它们对仗就属于宽对。第五，只要实词对实词、虚词对虚词即可，不必强求各大类一致。"实对实"主要是名词、代词、动词、形容词可以互为对仗。如广州越秀山上观音阁联："现大士化身，问谁仙佛因缘在；即越王遗迹，从古英雄感慨多。"其中"谁"与"古"对仗是代词对名词，"在"与"多"对仗是动词对形容词，都是实词中的不同词性相对。

第三节 关于《联律通则（修订稿）》

为指导广大楹联爱好者的创作，中国楹联学会制定了《联律通则》，试行稿完成以后曾广泛征求意见，从试行稿到修订稿，也做了一些改进。后来楹联学会又编写了《联律通则（修订稿）》和《〈联律通则〉导读》。可以看出，中国楹联学会很想把这个文件尽量完善，使联界有一个规范可以遵循。尽管《联律通则（修订稿）》比试行稿有所进步，但仍然存在不少问题，有些还是根本性的问题。《联律通则（修订稿）》中存在的问题，联界尽管多有感受，也表现过一些不同意见，但直至2018年余德泉教授在其《中华对联通论》中才做出较为系统的评价。《联律通则》不修订好，对楹联事业的繁荣与发展肯定是不利的，需要对其进行深入探讨。

一、《联律通则（修订稿）》文本

为了让大家对现在推行的《联律通则（修订稿）》有一个完整印象，现将其全文收录如下。

第一章 基本规则

第一条 字句对等。一副楹联，由上联下联两部分构成。上下联句数相等，对应语句的字数也相等。

第二条 词性对品。上下联句法结构中处于相同位置的词，词类属性相同，或符合传统的对仗种类。

第三条 结构对应。上下联词语的构成，词义的配合，词序的排列，虚词的使用，以及修辞的运用，合乎规律或习惯，彼此对应平衡。

第四条 节率对拍。上下联句的语流一致。节奏的确定，可以按声律节奏"二字而节"，节奏点在语句用字的偶数位次，出现单字占一节；也可按语意节奏，即与声律节奏有异有同，出现不宜拆分的三字或更长的词语，其节奏点均在最后一字。

第五条 平仄对立。句中按节奏安排平仄交替，上下联对应节奏点上的用字平仄相反。单边两句及其以上的多句联，各句脚依顺序连接，平仄规格一般要求形成音步递换，传统称"平顶平，仄顶仄"。如犯本通则第十条避忌之（3），或影响句中平仄调协，则从宽。上联收于仄声，下联收于平声。

第六条　形对意联。形式对举，意义关联。上下联所表达的内容统一于主题。

第二章　传统对格

第七条　对于历史上形成的且沿用至今的属对格式，例如，字法中的叠语、嵌字、衔字，音法中的借音、谐音、联绵，词法中的互成、交股、转品，句法中的当句、鼎足、流水等，凡符合传统修辞对格，即可视为成对，体现对格词语的词性与结构的对仗要求，以及句中平仄要求则从宽。

第八条　用字的声调平仄遵循汉语音韵学的成规。判别声调平仄遵循近古至今通行的《诗韵》旧声或现代汉语普通话的今声"双轨制"，单在同一联文中不得混用。

第九条　使用领字、衬字、介词、连词、助词、叹词、拟声词，以及三个音节及其以上的数量词，凡在句首、句中允许不拘平仄，且不与相连词语一起计节奏。

第十条　避忌问题。（1）忌合掌。（2）忌不规则重字。（3）仄收句尽量避免尾三仄；平收句忌尾三平。

第三章　词性从宽范围

第十一条　允许不同词性相对的范围大致包括：

（1）形容词和动词（尤其不及物动词）；

（2）在以名词为中心的偏正词组中充当修饰成分的词；

（3）按句法结构充当状语的词；

（4）同义连用字、反义连用字、方位与数目、数目与颜色、同义与反义、同义与联绵、反义与联绵、副词与连词介词、连词介词与助词、联绵字互对等常见对仗形式；

（5）某些成序列（或系列）的事物名目，两种序列（或系列）之间相对，如，自然数列、天干地支系列、五行、十二属相，以及即事为文合符逻辑的临时结构系列等。

第十二条　巧对、趣对、借对（或借音或借义）、摘句对、集句对等允许不受典型对式的严格限制。

第四章　附则

第十三条　本通则作为楹联创作、评审、鉴赏在格律方面的依据。由中国楹联学会解释。

第十四条　本通则自 2008 年 10 月 1 日起施行。2007 年 6 月 1 日公布的《联律通则（试行）》同时废止。

二、《联律通则（修订稿）》的不足

余德泉教授认为《联律通则》作为楹联创作的理论指导，应当是一个经得起行家和历史检验的文件。没有正确的理论指导与精准的表达，会把初学者引入误区。令人遗憾的是，这个《联律通则（修订稿）》还有许多值得商榷、有待完善的地方。从宏观上说，至少存在以下三个方面的问题：首先，词语生僻晦涩，读起来非常吃力。其次，不少地方概念混乱，文理不通，令许多宣讲者自己也不知所云。第三，句脚平仄安排方式以"平顶平，仄顶仄"六个字表达，却没有明确说明"马蹄韵""朱氏规则""李氏规则"等流行的几种格式，不能不说是很大的遗漏。从微观上说，也存在很多具体问题，这些问题不解决，必将使创作者感到茫然，甚至无所适从。以下就摘出几条加以说明。

（1）第二条　词性对品。上下联句法结构中处于相同位置的词，词类属性相同，或符合传统的对仗种类。

王力先生在其《中国现代语法》中说："词类是每一词独立的时候所应属的种类；词品是词和词发生关系的时候所应属的品级。"王力先生所言词之"品级"，由于"导读"没有解读，读者依旧茫然，只好从别的论著中去找答案。《中国语言文字学大辞典》对"词品"做了这样的说明："名词常用于首品，动词、形容词、数词用于次品，副词只能用于末品，代词三品皆能用，但最常用的是首品。词品和词类又是不同的，词类一般是不变的，如'虎'是名词，但同其他词结合之后，其品级是不确定的。它在'如虎添翼'里是首品，在'高踞虎帐'里是次品，在'虎踞一方'里是末品。"这说明词性可以承语言环境发生改变。如果在语言环境中词性改变了，照改变后的词性对仗就行了。为此，把词性相同作为一般要求，不仅没有违背对仗原则，人们也能很好地理解，无须生造出一个"词性对品"来让人们摸不着头脑。

（2）第三条　结构对应。上下联词语的构成，词义的配合，词序的排列，虚词的使用，以及修辞的运用，合乎规律或习惯，彼此对应平衡。

此处"词义的配合"表述不明确，词义怎么"配合"？是否指词语的搭配？"合乎习惯"太过宽泛，习惯本身不像规律那样是既定的，可以遵循，习惯本身是多种多样并且存在变数的。因而这一条难以准确解释。

（3）第四条　节律对拍。上下联句的语流节奏一致。节奏的确定，可以按声律节奏"二字而节"，节奏点在语句用字的偶数位次，出现单字占一节；也可以按语意节奏，即与声律节奏有同有异，出现不宜拆分的三字或更长的词语，其节奏点均在最后一字。

所谓"节律"，从这一条来看，应该是指语句的节奏，节奏与节律其实是不同的概念。节律只是一种表示语音特征的概念，由除音色以外的音高、音强、音长等因素构成，与语句节奏没有关系，与楹联中所讲的节奏是两个概念，用在这里不合适。"对拍"也是一个生造词。节奏怎么"对拍"？"二字而节"虽有出处，但并非全部适用，如"读书台犹存芳躅；飞赴寺安敢跳梁"中的"读书台"和"飞赴寺"都是专有名词，不可拆开，语意节奏和声律节奏都是三字一节，如果强调"二字而节"就无法处理这种情况。

（4）第五条　平仄对立。句中按节奏安排平仄交替，上下联对应节奏点上的用字平仄相反。单边两句及其以上的多句联，各句脚依顺序连接，平仄规格一般要求形成音步递换，传统称"平顶平，仄顶仄"。如犯本通则第十条避忌之（3），或影响句中平仄调协，则从宽。上联收于仄声，下联收于平声。

句中平仄交替、相反，都是有规矩的。"平仄相反"的情形，也不只是出现在上下联对应节奏点上的用字上，因为句中平仄也不可能上下联一致，否则就会形成平仄合掌。说"各句脚依顺序连接"，句脚怎么可能连接在一起。"平仄规格一般要求形成音步递换"，这个"音步"的说法不恰当，音步虽然与节奏相近似，但不是一个概念。如果将节奏说成音步，虽然不准确，还并非错误，但这里明显是用音步来指句脚停顿之处，这就是概念性错误了。

（5）第六条　形对意联。形式对举，意义关联。上下联所表达的内容统一于主题。

对举是指将两个对立的事物相对举出，互相衬托。对举的词语可以是对偶的，也可以是不对偶的。对偶的又有严格与不严格之分。严格的可以形成对仗，如"落花有意"可以与"流水无情"形成对仗。不严格的则不能形成对仗，如"当局者迷"与"旁观者清"就不是对仗，但其作为对举就很恰当。可见对仗、对偶、对举都是不同的概念，用"形式对举"来表达形式上的对仗是不准确的。另外，这一条要求意义关联也显得过于绝对，尤其是要求"上下联所表达的内容统一于主题"的说法，更为不妥，因为许多楹联都很难看出有什么主题，而无情对上下联的意义相距越远越好，相互属对者意义也可以不关联。

（6）第七条　对于历史上形成且沿用至今的属对格式，例如，字法中的叠语、嵌字、衔字，音法中的借音、谐音、联绵，词法中的互成、交股、转品，句法中的当句、鼎足、流水等，凡符合传统修辞对格，即可视为成对，体现对格词语的词性与结构的对仗要求，以及句中平仄要求则从宽。

　　这一条的归纳，表述较为牵强杂乱。"属对格式"可简缩为"对格"，通常理解就是"对仗方式"，但从上下文看指的是"传统修辞对格"。"对格"前面加上了"传统修辞"四字，就不知到底指的是什么了。所谓"字法"，通常或主要是指汉字的构成与书写方法，如象形、指事、会意、形声以及点画、笔顺、笔法等，如果按照《〈联律通则〉导读》（以下简称《导读》）所说的是指"以单个字为基础的修辞方式"，由于古人对字与词没有做严格区分，古汉语中一个字常常就是一个词，这样说"字法"就不够明确了。由于叠语就是重言，嵌字或嵌名只是将一个名称分别或者集中安排到楹联的某个位置，衔字就是句内连珠。叠语、嵌字、衔字都不在所谓"字法"范围。辞书上找不到"音法"这个词，导读说指的是"语音修辞"，而这里说的语音修辞与传统语言学完全不是同一个概念。这里列举的联绵词有三种：双声联绵词、叠韵联绵词、非双声叠韵联绵词。所谓音法包含不了第三种，故笼统地说联绵词，存在表述不当的问题。"词法"本指词的构成单位、构成方式、变化规律以及类别划分等。《导读》认为词法是指"以词为基础的修辞方式"，但因互成对是指所对之字相连而不相隔的自对，交股对又称交络对，乃词语交叉相对，都是对仗方式，都不应在"词法"里面。"句法"又叫"造句法"，包括词组的构成、句子的构成、句中词语的安排顺序和句子的类型等。《导读》说句法是指"以句子为单位的修辞方式"。而当句对只是将对仗的词语在楹联中换了位置，鼎足对只是多了一个相对的句子，流水对只是上下联的语意是顺连而非并列与相反，既与句法无关，也与修辞无关。

　　（7）第九条　使用领字、衬字，介词、连词、助词、叹词、拟声词，以及三个音节及其以上的数量词，凡在句首、句中允许不拘平仄，且不与相连词语一起计节奏。

　　这一条讲"领字"只需要说"领字、衬字允许不拘平仄"就够了。至于"不与相连词语一起计节奏"，就领字来说，若领字是个动词，领了几个宾语，有时就可以同所领部分的第一个宾语一起计节奏，或者不分节奏。分开或者停顿久了，听起来反而不顺。

　　（8）第十一条　允许不同词性相对的范围大致包括：①形容词和动词（尤其不及物动词）；②在以名词为中心的偏正词组中充当修饰成分的词；③按句法结构充当状语的词；④同义连用字、反义连用字、方位与数目、数目与颜色、同义与反义、同义与联绵、反义与联绵、副词与连词介词、连词介词与助词、联绵字互对等常见对仗形式；⑤某些成序列（或系列）的事物名目，两种序列（或系列）之间相对，如自然数列、天干地支系列、五行、十二属相，以及即事为文合乎逻辑的临时结构系列等。

　　这一条中所谓"允许不同词性相对"所定的这五个范围，是否都可以"从宽"，也只有到具体的联例中根据具体的情况去判别。就第①而言，说得太笼统太绝对，必然出现漏洞，如"开"是动词，"鲜"是形容词，在一般情况下，比如在"开路"与"鲜花"中是不能相对的。再以第③而言，《导读》解释此条的"状语"时说："经常充当状语的有形容词、副词、指示代词、方位短语、介词短语、动宾短语等，这些充当状语的词可以不同词性相对。"如果这样的话，像"凭空说"对"这里来"中的"凭空"和"这里"都是充当副词的成分，但它们是不能成对的。所以"按句法结构充当状语的词"这句话不能准确表达概括。至于第④和第⑤，说的都是自对。严格的自对都是工对，根本不应列在本条所谓的"从宽"的范围中。

　　（9）第十二条　巧对、趣对、借对（或借音或借义）、摘句对、集句对等允许不受典型对式的严格限制。

　　"巧对"出趣者就是趣对，二者没有严格的界限。"借对"既是一种对仗方式，也是种"巧对"，因为人们常用，也成了一种"典型对式"，不存在受不受"典型对式的严格限制"问题。"摘句对"与"集句对"也可能出现"巧对"。这条列出的几项，概念外延相互包含，不合逻辑分类原则。

　　（10）从创作实践来看，现行的《联律通则》还有一些缺漏，需要根据具体情况加以补充说明。如其规定当代楹联创作新旧四声双轨并行，但却未涉及使用新声韵创作时普通话语流音变如何处理、多音字和轻声字的平仄归属、现代语法与新语汇的对仗规则等问题。遇到诸如上声连读等引起字的音变时，其平仄应按照变化以后的读音来应用；再如对于多音字，传统的处理方法是将该字当作平仄通用字可以随心调遣，但这样做实际上不符合文字规范，应将多音字放到具体的语境中，按其当次应用时实际所读的音调来安排平仄。

　　鉴于《联律通则（修订稿）》中的一些疏漏，需要对其再进行修订。首先文风上就要做根本改变，否则即使借助楹联学会的名义来推行，效果也不会好。

第四节　楹联创作的避忌

在掌握楹联格律的基础上还要特别注意楹联创作的避忌，才能更好地鉴赏或创作一副符合格律的楹联。现行《联律通则》第十条专讲避忌问题，指出了三种应当避免的失误，即合掌，不规则重字，三仄尾和三平尾。

（1）合掌主要指内容方面而言，即上下联讲的是同一个意思，内容重复了。楹联本身要以有限的文字表达尽量丰富的内容，如果出现重复的用意，自然会减少容量，如"五湖传喜讯；四海送佳音"，其中"五湖"与"四海"同意，"喜讯"与"佳音"同意，"传"与"送"同意，去掉重复的成分就只剩下一半了。像这种上下联几乎完全相同的情况也不常见，一联中有部分词语意思相同或相近的就比较常见了；如："神州千古秀；华夏四时春。"其中"神州"与"华夏"都是中国的别称，意思雷同，属于合掌，应当避免。为了加强对合掌的认识，现将王钟璘先生所拟并发表于《中国楹联报》上的《合掌对两串》转录如下：

其一：瞧对看，听对闻，上路对启程。后娘对继母，亡父对先君。醪五两，酒半斤，扫墓对上坟，乞援双瞎子，求助二盲人。岳父有因才枉驾，丈人无故不光临。十分容颜，五分造化五分打扮；两倾姿色，一半生就一半妆成。

其二：行对走，跑对奔，早晚对晨昏。侏儒对矮子，傻子对愚人。观浪起，看波兴，闭户对关门。神州千载秀，赤县万年春。国士无双双国士，忠臣不二二忠臣。大德似天高，天高加一丈；恩深如地厚，地厚减千分。

（2）不规则重字指上下联在不同位置不规则地出现了相同的字，这种应当避忌的不规则重字可以是单字重复，也可以是多字重复，可以是上下联中异位出现的，也可以单句中出现而相应的上联或下联相同位置不能与之相对，如"百鸟鸣春歌盛世；一龙降世兆丰年"。上下联分别出现了"世"字，是单字的不规则重复。如"一夜春风绿两岸；两岸青山送孤帆。"上下联中"两岸"出现了两次，是两字不规则重复。又如"一夜春风绿两岸；奉献爱心人人赞。"其中下联"人"字重复，上联相同位置没有叠字的情况下，单有一边出现叠字应算作不规则重字。一般长联更容易因疏忽而产生不规则重字，应当仔细核对以避免这类失误。

楹联的创作允许规则重字，这一点要与不规则重字区分开来，不要笼统地当作不合律处理。有时为了内容表达的需要，特意使用了规则重字。包括叠字、同位重字、换位互重、虚词同位重字等有一定规则可循的重字。比如旧时流传很广的一联："年年难过年年过；处处无家处处家。"这里多处运用叠字，强化了思想感情。又如："春回大地春阳暖；国至新元国运昌。"下联两个"国"字与上联两个"春"字在相同的位置互相照应，有一定的强调作用。换位互重的例子有："室有奇书穷亦富；胸无点墨富也穷。""本无月缺月圆，它随顺你；虽有花开花落，你任由它。"虚词同位重字联如："漏网之鱼，世间时有；脱天之鸟，宇内尚无。"

（3）三仄尾或三平尾是指七言律句中的末尾三字出现三连仄或三连平，造成"仄仄平平仄仄仄""平平仄仄平平平"这种不合乎声律规则的句式。律句要求一句之中要平仄相替、错落有致，但要求每个字都按正格全部符合要求在实际操作中是比较难的，因此就有了"一三五不论，二四六分明"的变化之法，即律句在一句中的偶数字上要求严格按照平仄的要求，而对奇数字的要求则可以灵活变通。如果在仄起仄收的句子中第五字变平为仄就会出现三仄尾，在平起平收的句子中第五字变仄为平就会出现三平尾。因而七言句中第五字的变通是有条件的，仅在仄起平收或平起仄收的句子中才能变化。如果犯了此忌，如"燕语声声唤旧侣；梅花朵朵迎新春"，读起来就会显得不谐调，破坏了律句的音律美，在创作中应该要注意避免。

第三章 楹联的类别

第一节　通用联与专用联

一、通用联

通用联主要指春联。春联的使用具有广泛性，除了家家户户在过春节时都在民居贴春联之外，各类商铺、企事业单位、名胜古迹也会贴春联，因而春联具有通用的性质。

关于贴春联的时间还有一个有趣的传说，据说东晋书法家王羲之有一年从山东老家移居到浙江绍兴，此时正值年终岁尾，于是王羲之书写了一副春联，让家人贴在大门两侧。对联是："春风春雨春色；新年新岁新景。"可不料因为王羲之书法盖世，为时人所景仰，此联刚一贴出，即被人趁夜揭走。家人告诉王羲之后，王羲之也不生气，又提笔写了一副，让家人再贴出去。这次写的是："莺啼北序；燕语南郊。"谁知天明一看，又被人揭走了。可这天已是除夕，第二天就是大年初一，眼看左邻右舍门前都挂上了春联，唯独自己家门前空空落落，急得王夫人直催丈夫想个办法。王羲之想了想，微微一笑，又提笔写了一副对联，写完后，让家人将这副对联剪去一截，先把上半截张贴于门上内容是："福无双至；祸不单行。"这天晚上果然又有人来偷揭，可在月色下一看，这副对联内容写得太不吉利了，尽管王羲之是书法名家，可也不能将这副充满凶险预言的对联取走张挂啊。来偷揭的人只好叹口气，又趁夜色溜走了。第二天大年初一早晨天刚亮，王羲之就亲自出门将昨天剪下的半截对联分别贴好，此时已有不少人前来围观，只见对联贴好后，内容变成："福无双至今朝至；祸不单行昨夜行。"众人看了，齐声喝彩，拍掌称妙。

这个传说虽然有趣，但不太可信，因为明代以前的年俗基本还是挂桃符，后来明太祖朱元璋大力提倡贴对联，笔墨书写的红纸春联才算真正在全国流行开来。朱元璋在金陵（南京）定都以后，命令大臣、官员和一般老百姓在除夕前都必须书写一副对联贴在门上，他穿便装出巡，挨家挨户观赏取乐。当时的文人也把题联作为文雅的乐事。

据《梦粱录》记载："岁旦在迩，席铺百货，画门神桃符，迎春牌儿……""士庶家不论大小，俱洒扫门闾，去尘秽，净庭户，换门神，挂钟馗，钉桃符，贴春牌，祭拜祖宗。"按照各地习俗的不同，贴春联的时间也稍有差异，从腊月廿三至大年三十夜晚都有，但是大多数是集中在腊月廿八、廿九这两天。可见贴春联的时间不必是固定的，只要在新年当天和前几天都可以，到底哪天贴就由自家掌握。现在不同地方的民间俗谚分别有"二十八，贴花花（此处花花指年画、春联、门神等）"和"二十九，贴门口（春联、门神等都贴在门上，所以这样说）"的说法，表明了当地应当贴春联的时间。

春联的张贴，要符合传统的规矩。一般春联都包括上下联和横批，春联要竖贴在门的两边，横批要横贴于门头。区分一副对联的上下联可以平仄和语意为依据。按语意区分上下联主要是根据文字内容上联轻、下联重，上联小、下联大，上联过去、下联将来的含义来判断。这需要有一定的文字理解能力和对楹联语言的感悟能力，如果上下联力量均衡又没有明确的分界词语，又或者自己对语言的感悟不强，这种判断方法就显得不太好用了。通过平仄来判断上下联更加容易且相对准确，即上联的最后一个字应是仄声，下联的最后一个字应是平声。掌握了这个规律，就可以一眼分辨出春联的上下联，也可以判断谁家的春联是不合格的——有些不讲究的春联，上下联末字全是平声或者仄声，这种一般都可算作是病联。符合格律的楹联基本都可以用这一方法来判断上下联，譬如："春回大地，百花争艳；日暖神州，万物生辉。"这一联从内容看，上联与下联具有因果关系，因为"春回大地百花争艳"，才使得"日暖神州万物生辉"，如果贴反了就颠倒了因果关系，读着也让人别扭。再从平仄看，这副春联的上联尾字"艳"是四声，即仄声，下联尾字"辉"是一声，即平声，从上句和下句的平仄上就可以判断出上下联来。

确定上下联后，传统的春联张贴规则是上联贴在面向门的右手边，下联贴在面向门的左手边，横批横贴门头，也应该是从右往左读的。现代汉语书写规则是从左至右横排书写，因而有人创新了春联的贴法，将上联贴左边，下联贴右边，横批从左往右读。还有一种调和古今的贴法，就是将需要竖着贴的上下联继续按照古人的习惯从右往左贴，即上联贴右边，下联贴左边，但是需要横着贴的横批则按照当代人的习惯从左往右读。这几种贴法都有各自的道理。贴春联的传统已在我国流传了千余年，对于优秀的文化遗产，还应以传承为主，按照古代的规矩从右向左贴更能表达对传统文化的尊重，比如侯艳为合浦县曲樟乡坝背村撰写的一副嵌名联："坝前无量水；背后有容山。"该村每年春节都会以新纸鲜墨重新书写春联张挂在村口，一直都是按照传统习俗上联在右，下联在左,横批从右向左读张贴的。现代人按自己的理解和喜好来张贴也无可厚非,尤其是上下联从右往左,横批从左往右这种贴法现在最为流行,也符合竖写右起,横写左起的习惯,已渐为大家所接受,但是如果根本不考虑张贴习俗而随意混搭则不免会贻笑大方。

坝背村春联:坝前无量水;背后有容山。
(陈辉成摄于北海合浦曲樟乡,侯艳撰联)

春联的内容以辞旧迎新、庆祝新年为主,但又不局限于辞旧迎新,可以说除了贺婚、贺寿、哀悼之类的专用联以外,其他内容几乎都可以写,都可以用。如果结婚、寿辰或乔迁正好在春节,也可以将贺婚、贺寿、贺新居的内容写出来兼作春联。只有悼亡的内容,因为不吉利,即使碰上春节有人去世,如果不是情况特殊或者措辞巧妙,一般都不写。家庭或单位都可以选用传统春联,也可以因地制宜,结合自身情况与需求撰写适用的春联。

比如福州三坊七巷民族英雄林则徐母家故居贴的春联是:"维护英雄故居;弘扬爱国精神。"横批"堪为师表"。这副联虽然对仗和格律都欠严谨,但却能鲜明地表现爱国精神,点出了户主民族英雄后人的身份,体现了其家庭的个性特点,可以说是非常适用的一副春联。

林则徐母家故居春联：维护英雄故居；弘扬爱国精神。
（侯艳摄于福州三坊七巷）

守制之家春节不能贴红色的春联，古人讲究孝道，亲人去世晚辈一般要守孝三年，在这三年守制期间要用白色、蓝色、绿色、黄色、紫色这些颜色的纸写春联。至于具体到哪一年用什么颜色各地有所不同，有的地方在守制第一年用紫纸、第二年用绿纸、第三年用黄纸；也有的地方第一年用黄纸、第二年用蓝纸、第三年用绿纸，并不统一。三年守制期满以后才能重新开始贴红纸春联，这一年春节要贴上专门表达守孝期满之意的春联，如"思亲百载酬难尽；礼制三年报已周。"

常用春联举例：

花明丽日；
水映青山。

民心和顺；
国运绵长。

和风吹绿柳；
时雨润春苗。

万家腾笑语；
四海庆新春。

岁岁平安日；
年年如意春。

盛世千家乐；
新春百业兴。

雪兆丰登岁；
花开富贵春。

春迎新雨露；
笔扫旧乾坤。

繁花织锦绣；
细雨唤春风。

山川春世界；
天地福乾坤。

河山千古秀；
华夏四时春。

事顺家生福；
人勤地涌金。

迎春山月暖；
送岁晓光新。

春来诗境雅；
寒退画图新。

春梭织世界；
岁墨绘乾坤。

春弥新世界；
歌满大中华。

业顺财源广；
人和福运长。

春生桃叶雨；
雪染柳丝霞。

山河铺锦绣；
日月烁光辉。

安定千福至；
团结百业兴。

前程铺锦绣；
事业炳光辉。

政顺黎民福；
人和盛世基。

国泰千家乐；
人和百业兴。

乾坤春色暖；
华夏壮图新。

民和臻百福；
国泰纳千祥。

人共青山寿；
家同晓日兴。

有山皆绿象；
无地不鲜花。

三春花正好；
九域业方兴。

冬去山明水秀；
春来鸟语花香。

国强家富人寿；
花好月圆年丰。

振奋乾坤正气；
抒发大国豪情。

堂上新歌新曲；
庭前和雨和风。

冬去香花烂漫；
春来美景妖娆。

政顺江山永固；
人和禹甸长春。

日醒红花翠鸟；
春描绿水青山。

一帆风顺吉星到；
万事如意福临门。

爆竹声声辞旧岁；
红梅朵朵迎新春。

生意兴隆通四海；
财源茂盛达三江。

东风吹出千山绿；
春雨洒来万象新。

山清水秀风光好；
人寿年丰喜事多。

一年好运随春到；
四季财源似水来。

五湖四海皆春色；
万水千山尽得辉。

白雪抚人片片醉；
红梅舒枝点点春。

喜鹊登枝喜盈门；
春花烂漫大地春。

风摇竹影有声画；
雨打梅花无字诗。

春回大地千峰秀；
日暖神州万木荣。

吉星高照吉祥院；
鸿运常临鸿福门。

瑞气一堂添百福；
祥云满院启三阳。

开门迎入四时福；
把盏邀来七彩春。

昌盛图新民共绘；
和谐曲美世同讴。

九州喜奏和谐曲；
万众精描富裕图。

春回地洒催耕雨；
雪化风摇绽蕾枝。

社会和谐兴伟业；
国家强盛展宏猷。

笔纵春风描野绿；
墨泼澍雨染山青。

宅院吉祥春永驻；
家庭和乐福长临。

旭日一轮出海曙；
长空万里涌春潮。

小康裕国宜千户；
大政归心利万民。

霞飞碧宇云千朵；
春舞长天月一轮。

兴邦早立鸿鹄志；
振业多读经纬书。

桃李无言争秀丽；
山川有象显风流。

户户吉祥昭好运；
村村富裕倡文明。

清风明月三千里；
笑语欢歌十万家。

碧水门前鱼赏月；
白云楼上鸟谈天。

八方曲颂鸿天福；
九域花开盛世春。

紫燕催春千岭翠；
乱花飞雨万家香。

门前喜闹登枝鹊；
堂上高悬贺岁灯。

一堂喜气平安岁；
四壁春风富贵家。

人间美景春常驻；
世上情真月永圆。

百业兴隆春正好；
千家和乐福犹长。

平安岁月天天好；
美满生活步步高。

财源处处凭勤取；
洪福时时赖善求。

春来家有称心事；
福入堂多如意人。

经济腾飞添虎翼；
科学进步展龙威。

万户迎春歌大有；
千家结彩庆升平。

千秋事业宏图起；
万里前程晓日升。

水秀山明春灿烂；
日新月异岁峥嵘。

四海旗飘春世界；
万方乐奏玉乾坤。

岁月峥嵘添瑞象；
生活美满乐天伦。

莺歌燕舞繁荣景；
虎跃龙腾鼎盛年。

民族团结人心顺；
政策清明事业昌。

年年如愿年年喜；
事事随心事事成。

福到家门家到福；
春来宴上宴来春。

室入春风春入室；
门迎喜气喜迎门。

物阜民丰花锦绣；
河清海晏日升平。

一犁烟雨春香动；
万里河山日影悬。

家家畅饮丰收酒；
岁岁长开富裕花。

增华日月千峰秀；
巨变神州万象新。

火树银花辉北斗；
莺声燕语畅东风。

风调雨顺仓仓满；
国泰民安业业兴。

春盈大地花如海；
福满乾坤气若虹。

神州奋起鲲鹏翅；
岁月迎来天地春。

家庭和睦忧怀少；
老少康宁乐事多。

花开院落浮香霭；
鸟闹枝头报好音。

万水千山辉盛景；
五湖四海展宏图。

国泰民安，万民欢洽；
人和政顺，百业恒昌。

日暖风和，一天锦绣；
花明柳暗，遍地春华。

百业兴隆，八方奏凯；
三春浩荡，四海传捷。

玉雪纷飞，满天捷报；
红梅怒放，遍地春光。

水秀山明，风光无限好；
莺啼燕语，画境入时新。

瑞气满江南，和风化雨；
祥云腾塞北，玉雪抟春。

桃李迎春，万里春风初绽蕾；
松梅献福，一门福寿乐开樽。

春绿千山，财旺千门，四海龙腾歌盛世；
国兴百业，民臻百福，万家鸡唱跨新元。

二、专用联

专用联指用于某种特殊场合的楹联，主要有寿联、喜联、挽联、行业联、座右铭联、题赠联等。

（1）寿联专指为祝贺生日而作的楹联，以表达对寿星的祝福为主。据《楹联丛话》所记，现存最早的寿联当是宋代吴叔经为黄耕庚夫人所做的："天边将满一轮月，世上还钟百岁人。"这副寿联很有特色，上联以月为意象，代指女性，"满"又是团圆的象征，因而这句含有祝愿黄氏夫妇百年好合、如意圆满之意。因为黄耕庚夫人的生辰是农历三月十四，天边明月即将圆满，所以联语说"将满"，而这里的"满"又是天道的必然，这样的祝愿可以说既巧妙又恰当。下联是祝词，借人世对长寿老人的爱戴表达美好的祝福。历来对"钟"的解释有很多，有人认为此处"钟"

意为恰逢，指黄夫人恰好一百岁，但此说太牵强。黄氏夫妇应当年岁相当，人生七十古来稀，如果真有这样一对百岁夫妇，此事必然会作为美谈同此联一同流传下来，而此联见于宋代孙奕的《示儿编》，原文只说"黄耕庚夫人三月十四日生"，根本未提及黄夫人的年龄。联语中用"百岁人"应该只是美好的祝福，因而这个"钟"字应与"钟情""钟灵"之"钟"同意，指专注、钟爱，意指人世间讲究孝道，对高龄老人倍加关爱，祝愿黄氏夫妇长命百岁。

常用寿联举例：

南山松不老；
北斗宿常明。

无忧增鹤寿；
有福享松龄。

康宁福寿永；
和乐子孙安。

春秋增寿算；
日月壮福门。

心平能益寿；
意美可延年。

福茂才贤士；
寿高德劭人。

心似清风明月；
寿如东海南山。

永茂椿萱增盛寿；
长青松柏享高年。

欣逢盛世心尤壮；
乐享高龄志愈坚。

白首春秋增盛寿；
丹忱日月骋高怀。

身如翠柏苍松健；
性似清风明月闲。

天上星辰应作伴；
人间松柏不知年。

品劭德清添鹤寿；
身康体健享龟龄。

五福星照松间鹤；
百寿图迎座上翁。

一世康宁，心宽体健；
满堂和乐，子孝孙贤。

日暖风和，椿萱并茂；
家兴事顺，福寿同臻。

鹤发童颜，无边福寿；
琴心剑胆，有乐春秋。

无虑无忧，春风不老；
有学有乐，寿考无疆。

体健身强，宏开寿域；
孙贤子肖，欢度晚年。

华堂起寿筵，宜诗宜酒；
丽日铺春锦，当舞当歌。

（2）喜联也称婚联，是为祝贺婚嫁、乔迁以及其他喜庆之事而作的楹联。婚联有通用婚联，还有针对某一特定对象撰写的专用婚联。通用婚联没有特定对象，适用范围较广，内容主要是赞美爱情，祝福家庭和美。

常用婚联举例：
真情花不落；
连理树常青。

和谐春永驻；
恩爱福常临。

真情为佳偶；
理想是红媒。

喜遇人间知己；
欣逢世上同心。

喜结同心伉俪；
欣偕洽意鸳鸯。

一门喜庆三春暖；
两姓联姻五世昌。

金童玉女天生对；
美景良辰月共圆。

庭前爆竹迎宾客；
户外笙歌引凤凰。

此际梅开花并蒂；
今宵人庆月团圆。

携手同行平等礼；
并肩共建小康家。

百年伴侣同心结；
一世姻缘红线牵。

良辰共饮鸳鸯酒；
美意同弹鸾凤歌。

合浦得珠欣共洒；
蓝田种玉喜同心。

莲结同心一世久；
花开并蒂百年香。

连理枝头莺燕舞；
梅竹月下凤凰飞。

天赐良辰圆好梦；
地连佳偶结同心。

两位新人酬凤愿；
千杯喜酒宴嘉宾。

事事同商新伴侣；
心心相印好姻缘。

深情共举千秋业；
佳偶同结百岁心。

琴瑟音谐天地曲；
竹兰意结海山盟。

一线姻缘千里月；
百年伉俪四时春。

良宵喜绾同心结；
吉日欣成双璧合。

振翼蓝天欣共伴；
扬帆碧海喜同舟。

一线连成人间佳偶；
两情缔就世上良缘。

秋水银堂，鸳鸯比翼；
天风玉宇，鸾凤和鸣。

郎才女貌，百年秦晋；
夫唱妇随，一世鸳鸯。

鸾凤相偕，真心不改；
梅兰共沧，美意延年。

凤舞鸾翔，此情洽洽；
莺歌燕语，其乐融融。

女貌郎才，喜结百年伉俪；
情投意洽，巧配一世姻缘。

专用婚联一般是应主家之约专门撰写的，有的是依据结婚的时间来写，如："藉葭月完子债；陈薄酌答宾情。""葭月"就是农历十一月，上联点明婚娶时间，下联表达酬宾之情。也可以结合新婚夫妇的姓名、职业、爱好、地域等各方面综合来撰写。如侯艳为友人所撰婚联："云锦慧心，杏林妙手欣题叶；金风胜景，江北檀郎喜鬻鸾。"此联用碎锦格嵌入了新郎胜江和新娘慧云之名，同时"杏林"指明新娘的职业是医生，"江北"则点出新郎的家乡，"金风"暗指婚期在金秋时节，其使用效果自然与通用婚联有所不同，更能彰显个性，表达心意。

乔迁联用于祝贺新居落成或迁入新居。一般这类楹联以赞美新居的优美环境，表达主人的喜悦之情为主，如："燕喜新居春正暖；莺迁乔木日初长。""日丽风和福安地；盛世促成和睦家。""一片彩霞迎旭日；满堂春风庆新居。""新厦落成增瑞气；华门安居进财源。""一屋新成，水增气象山增色；四邻同庆，村有祥和户有余。""有竹有松，凤翔鹤住神仙地；无尘无扰，水绕峰环处士家。"

（3）挽联是为悼念死者而做的楹联。相传流传至今时代最早的一副挽联是苏轼为侍妾朝云所做的："不合时宜，唯有朝云能识我；独弹古调，每逢暮雨便思卿。"据明代曹臣《舌华录》记载，苏轼有一次饭后在庭院散步，忽然拍着自己的肚皮问旁边的侍女们："你们说说看这里装的是什么？"一人回答说："都是文章。"苏轼摇头。另一人就说："都是智慧。"苏轼还是不以为然。这时朝云说："学士一肚皮不合时宜。"苏轼捧腹大笑，从此以朝云为知己。这副挽联内容与这个故事契合，说是苏轼为朝云所作也比较合理。但后来梁章钜在《楹联续话》中说此联是清人严问樵为"姬人没于清江"而撰，因为用了苏轼和朝云的典故而被后人误认为是苏轼所作。

挽联大致可分为通用挽联、专用挽联、自挽联和戏挽联四类。

通用挽联没有指明特定对象，适用较广，如：

寿终德永在；人去范长存。

一生传美德；百代仰高风。

归仙云恸雨；驾鹤月含悲。

德守长留天地；慈颜永驻人间。

往日严容犹在目；今朝噩耗已惊心。

追寻尚有惊人业；归去犹存济世功。

端严教子留德范；勤俭持家遗古风。

不测有风云，猝然化鹤；追寻多德业，永世传芳。

专用挽联是针对某个人而写的，不能移用他人。撰写这种挽联都要先了解死者的生平事迹以及个性特点，内容要符合死者的情况，如康熙皇帝挽郑成功联："四镇多二心，两岛屯师，敢向东南争半壁；诸王无寸土，一隅抗志，方知海外有孤忠。"郑成功平生最大的功绩就是率四万水师渡海东征，鏖战九个月赶走荷兰殖民者，收复了我国神圣领土台湾。这副挽联记述了郑成功的英勇事迹，表彰了他的忠义精神，文字十分确切，合乎人物身份。对于英雄人物，挽联可以有丰富的内容，就普通人而言，也要尽量发掘逝者一生中的亮点，能体现人物鲜明的个性，如侯艳挽广西楹联家黄尚布先生联："桂地殒英才，妙句佳联成永忆；霜空横剑气，劲风秋雨恰高吟。"黄老师是广西平果人，一生热爱楹联创作，在各类赛事中多有获奖，他去世时恰逢台风登陆广西，风雨交加，一夜入秋。此联上联借联作长存表达赞美黄老师的才华和痛惜之情，下联借霜气表达天地同悲之意，也以风雨声拟人化地表现黄老师高风永存。又如侯艳挽知名楹联家温战勇先生联："屏留万帖，教联人敬慕长存，挽歌难尽送君意；心系两行，恋国粹殷勤怎舍，秋叶凄飞洒泪时。"温老师作为国粹网的一位楹联版主，热心网络楹联事业，在相关版面发帖数已过万，这些帖子中既有优秀的楹联作品，也有楹联知识、征联信息等，为传播楹联文化做出了极大的贡献，在网络知名度较高，他去世时有不少网友发表挽联悼念。该联以温老师发帖数量大为切入点，上联表达了他为网络楹联事业发展尽心尽力，受到广大联友爱戴，下联表现他一直眷恋着楹联与国粹网，在这秋叶飘零的时节，怎能不引人泪下。

自挽联指自己生前所写挽自己的楹联。清代以来，这类楹联时有所见，内容主要是述志抒怀，如曾为大观楼作著名长联的孙髯翁也为自己作了一副自挽联："这回来得忙，名心利心，毕竟糊涂到底；此番去甚好，诗债酒债，何曾亏负着谁。"上联所谓的"糊涂到底"正表达了孙髯翁一生的淡泊名利，看似糊涂，实则明白。下联表达了自己行为光明磊落、问心无愧，突出了看淡生死的洒脱之情。

戏挽联分为死挽和生挽两种，死挽就是挽死者，生挽就是挽活人，都以讽刺、挖苦为主要特点。讽刺、挖苦的对象一般都是作者憎恨与不满的人，如前述民国时期挽袁世凯的字数不对等的挽联，就是表达了对死者强烈的不满。戏挽联多带有调侃的意味，如挽袁世凯的另一副联："起病六君子；送命二陈汤。""六君子"本是中医药方，由人参等六味中草药组成，功用是燥湿化痰。"二陈汤"是由半夏等组成的药方，适用于咳嗽痰多等病症。在这里都是双关用法，"六君子"指以杨度为首的六个发起组织"筹安会"的"名流"，袁世凯接受他们的"劝进"称帝就已经注定了要踏上死路。"二陈汤"指陕南镇守使陈树藩、四川将军陈宦和湖南将军汤芗铭。护国运动中，他们纷纷脱袁独立，给了袁世凯致命一击。1916年，袁世凯的皇帝梦破灭，终于一病不起，一命呜呼，此联可以说准确概括了他"起病"和"送命"的缘由，且以中药名的双关巧妙调侃，令人解气。

（4）行业联是各行各业所用的楹联，专门为某一行业或机构所用。行业联的特点是专业性、集中性、针对性，用以表述该行业或机构的突出特征，如眼镜店联："悬将小日月；照彻大乾坤。"理发店联："虽云毫末技艺；却是顶上功夫。"这些对联都能抓住特征，让人一看便知其所从事的行业。所谓行业，在这里特指商业和部分工业、手工业。有些行业，如饭店、客栈、铁匠铺，古已有之，行业联出现也较早。手工业的发展，使得商业分工很细。到了清末，交通、水电等行业出现，又使行业联内容丰富了。时至今日，经济部门分支更多，新的行业层出不穷，行业联也有了新的发展和变化。楹联作者不但经常要参加各种商业征联，而且常应约为新的企业、店铺题联，创作好的行业联显得更重要、更实用了。

常见行业联举例：

商业通用联：

公平交易；

和气生财。

金山有路；

富海无边。

生财德作本；
取利义当先。

经营凭信誉；
服务赖文明。

服务无欺门若市；
经营有道客如云。

送往迎来情似海；
接人待物面如春。

医院联：
医宗扁鹊；
术效华佗。

回春多妙手；
待患尽良医。

巧用中西药；
精通内外科。

圣手能从除病业；
丹心尽负健身责。

救死扶伤知任重；
疗心治病觉情真。

入座无非忧虑客；
出门尽是健康人。

千疾泯却千家喜；
百病消除百姓欣。

治病救人真本分；
回生起死妙功夫。

业授神农，千方尽效；
才学扁鹊，百术皆精。

环保部门联：
维护山河秀丽；
保持生态平衡。

莫教烟尘遮丽日；
休将浊水入清流。

高雅民风舒士气；
清幽环境畅人心。

爱自然莫伤生物链；
惜环境善待地球村。

环境清幽，呈九州秀色；
河山壮丽，荡万里春风。

绿化祖国，为人民着想；
平衡生态，替后代造福。

美化九州，唯求山共绿，水共蓝，穹天共碧；
乔装四海，但愿世同清，人同乐，日月同辉。

邮政部门联：
报千家喜讯；
传四海佳音。

鸿雁飞东西南北；
绿衣映春夏秋冬。

竭力尽心，情洒千家万户；
跋山涉水，志倾四面八方。

气象部门联：
心明知冷暖；
眼慧识阴晴。

可料风云冷暖；
能知雨雪阴晴。

冷暖于心观物候；
阴晴在目破天机。

学校联：
学自髫年始；
智从初步开。

读书通至理；
秉笔立恒心。

牢记他年肩上任；
先攻今日眼前书。

学有其思通物理；
习能致用得天机。

春来万象园丁喜；
雨润千枝桃李香。

求学当有悬梁志；
舒抱应存刺股心。

百载栋梁滋化雨；
一园桃李乐春风。

精研不减凌云志；
勤读常怀报国心。

学海拾珍春万里；
书山探宝路千条。

此日桃花香作海；
他年梁栋俊极天。

桃李花开争盛放；
鸿鹄翅振待高飞。

满面春风教学子；
一腔热血育贤才。

情理交融传德业；
节操自守授真知。

春色浓浓随日涌；
书声朗朗伴莺啼。

深海栋梁心育就；
春风桃李汗浇成。

强邦务守科学本；
兴业唯凭教育先。

丹心培育千秋树；
热血浇开万朵花。

德智体全面发展；
教学研共同提高。

千花共谱园丁曲；
百鸟同鸣桃李春。

学似涓流归大海；
教如细雨润春田。

良才造自艰辛里；
学业成于勤奋中。

润蕙滋兰，滴滴翠雨；
教情育理，片片丹心。

克己宜严，披肝倾胆；
诲人不倦，沥血呕心。

埋首苦耕耘，因人施教；
倾心勤奋勉，为国求知。

学海无涯，甘当痴儒子；
人生有限，莫负好年华。

学似高山，要上巅峰勤斩棘；
知如大海，欲归彼岸苦行舟。

桃李沐春风，甘霖遍洒枝枝茂；
栋梁逢盛世，沃土频催日日新。

银行联：
渊水由蓄；
岭石自积。

替民管账；
为国理财。

一颗赤胆勤兴业；
两袖清风巧理财。

为百姓生活增加财富；
替九州建设积累资金。

图书馆联：
成功纽带；
进步阶梯。

文章宝库；
知识源泉。

书藏真意；
馆献诚心。

藏古今学术；
聚天地精华。

挚友无非笔；
良师莫过书。

书载千秋事；
文通万世情。

馆萃千秋史；
门迎百业人。

古典今籍尽有；
新朋旧雨常来。

中外奇书尽有；
古今巨典齐全。

万卷读书才子地；
千秋学海士人家。

柜藏旧版千家典；
架列奇文四库书。

书读百遍方知味；
关克千重未觉难。

倘读奇书来此处；
欲游学海入斯门。

胸中久负千斤任；
架上常陈百业书。

家有奇书真富贵；
人无知识大贫穷。

为晓千秋书为友；
欲成万事早读书。

一生至乐书为友；
万事从容学作基。

人生不可无书读；
学问绝应赖志成。

图书有价知无价；
光阴无情学有情。

满架图书，琳琅满目；
一堂学子，勤奋求知。

学问有成，岂可千金能买去；
光阴无价，偏能万苦可求来。

学问有中西，求索方知天地阔；
文章无今古，通读便觉地天宽。

为学似扬帆，破浪乘风凭远渡；
求知如垦野，披荆斩棘靠勤耕。

广集四海学术精华，给贤才铺路；
多藏九州文明瑰宝，为智者架桥。

博物馆联：
万古奇观传史迹；
千年珍品耀中华。

残碑断碣人皆宝；
片纸只字世所珍。

无价樽彝称异宝；
有情金玉属奇珍。

满室奇珍，风流百代；
一堂陈迹，璀璨千秋。
石雕耀彩，东西两汉；
古帖传神，南北六朝。

钟鼎无声，情传万世；
缣帛有色，辉耀千秋。

夏鼎商盘，承载千年日月；
秦砖汉瓦，留传万世春秋。

借古察今，不忘社稷兴衰史；
承前启后，更迎中华鼎盛春。

尊重史实，不忘继承民族传统；
珍惜文物，更应追溯华夏渊源。

典史载沧桑，更替兴衰标先哲；
文章甄毁誉，是非成败启后贤。

饭店联：
菜美嘉宾至；
茶香远客来。

座展清风明月；
桌陈上品佳珍。

春烹鲜鳞嫩羽；
月煮美酿香茗。

入座凭栏远眺；
得暇乘兴来吟。

四壁丹青同醉月；
一窗花影共辉天。

要尝美味斯家好；
欲品清真此处香。

红黄蓝绿千般美；
苦辣酸甜百味全。

美味誉八方，门庭若市；
佳肴香四海，宾客如云。

一片丹忱，迎来八方雅士；
几杯淡酒，洗却万里风尘。

万象喜逢春，入座三杯除旧；
千山欣纵目，登楼一曲迎新。

保护野生资源，莫食珍禽异兽；
提高餐饮质量，任品美馔佳肴。

有兴且登楼，凭此赏栏外清风，云边皓月；
乘暇宜入座，请君尝盘中鳞羽，盏内琼浆。

入座即嘉宾，何分南北西东，一片真情深似海；
开筵皆贵友，勿论秋冬春夏，四时笑脸暖如春。

茶楼联：
茶里文章大；
壶中世味长。

拂香三昧静；
消暑一杯凉。

茶煮溪泉水；
杯盛山岳云。

味酽夸龙井；
香浓颂雀舌。

茶香情有味；
酒暖座无虚。

几片仙芽香泛绿；
一瓯灵味秀凝红。

几度沉浮知世理；
一瓯冷热悟人情。

茶有真香称国饮；
叶藏妙理悟人生。

初咂已觉心神爽；
细品更知世味长。

茶须心品知真味；
友赖情投倾赤忱。

客来情谊常如旧；
人去清茗亦不凉。

座有清茶何必酒；
心无俗念自能闲。

虽无俗尚招狂客；
自有浓香待远朋。

轻云煮酒滴滴酽；
嫩雪烹茶片片香。

静饮清茶愁饮酒；
趣谈今古雅谈诗。

玉碗毛峰青叶嫩；
金瓯云雾紫烟香。

四座情浓龙井雾；
一壶香满碧螺春。

南华秋水烹仙品；
北苑春山采露枝。

入座香浓千叶雨；
临门情满一壶春。

春风兰蕊金汁淡；
秋水菊花玉露新。

啜苦咽甘，茶中细品人生味；
噙凉咂热，壶内深含尘世情。

座有清茗，论古谈今欲尚少；
门多骚客，评诗品画雅情多。

从不争荣，几分淡雅，几分蕴藉；
却能醉客，一缕清香，一缕温馨。

待友畅春风，看玉露香中，醴浆翠里；
寻诗邀明月，听渔歌湖上，莲曲楼头。

景可生情，引无数少长咸集，登楼畅咏；
茶能代酒，乐此时群贤毕至，乘兴高吟。

第二节　短联与长联

楹联按照字数的多少可以分为短联与长联，这种分类法最直接，但并不简单。因为"长"与"短"本身是由比较而产生的概念，辞书对"长"的解释是"两线相较，赢者为长"。因而很长时间以来，对于短联和长联应该以多少字为界限时有争论。樊明芳在《中国长联初探》一文中汇聚了几种观点：持字数说的标准有二三十余字，四十字，六十字和九十一字等几种。如梁章钜提出二三十余字就算长联，在他称为"长联"的楹联中最短的一联是四十四字，余德泉赞同四十字以上为长联，周渊龙、赵梦昭赞同六十字以上为长联，还有徐福玉提出二十字以内为短联，二十字至九十字的为中联，九十一字以上为长联。将长联字数定得最少的是陆伟廉，他认为每边至少八字、两个短句，全联十六字以上的就可以算作长联了。他的理由是：对联每边由一句变成多句时，在格律上产生了新的内容，此内容表现为同边各短句句脚平仄的关系；对联因句数增多而引起质变，产生句脚之平仄关系这一新的内容，是始自每边达两句之时，因而须以每边两句为短联与长联的划分界限；句数每边至少两句，字数看来应为八个，因为通常句数最短者为四字，故两个短句不能少于八字。在总结这些说法的基础上，樊明芳认为，任何绝对地断定多少字或多少句为长联的观点都是片面的，不科学的。因为事物是发展的，长短的标准也是变化的；又因为长与短是相对的，因此长短联之间不可能有一绝对的界限。她提出百字以上的联应为特长联，并赞成周渊龙、赵梦昭以六十字以上为长联的观点，但未提出理由。

楹联的字数长短是相对的，所谓的"第一长联"的纪录也不断被刷新。一百八十字的大观楼联早在乾隆年间就被誉为"古今第一长联""海内外长联第一佳者"，但自咸丰、同治，特别是光绪以来，对联的"鸿篇巨制"陆续涌现，字数由一百八十字增到一千多字不等，此时若将大观楼联与一千六百余字的钟云舫拟题江津临江城楼联相比较，便不觉得长了。虽然长与短的标准具有主观性，但还是有约定俗成的因素，对于楹联来说虽然界定长短的标准尚无定论，但为了今后在研究、创作对联时使"长联"这一概念在相对长的时间内有一个相对确定的内涵，需要加以探讨。

余德泉教授认为把长联的字数定得太少，就显不出"长"这一特点，定得太多又会脱离实际，提出了以四十字以上联为长联的观点，理由主要有：一是古人云，事不过三。古书也常以"三"表示多，三十字以上即可称为长联，四十在三十之上，更可称为长联。二是四十字以下的最多单边有十几个字，有些较长的楹柱可以一行写下来，但四十字以上的就必须回行才能写完，给人以长的感觉。三是梁章钜在《楹联丛话》中虽然说二三十字的就可以称长联，但他实际选入"长联"的最少也有四十四个字。本书采用以四十字以上为长联的观点，但不单独将百字以上楹联作为特长联列出。毕竟楹联以短小精炼为主要特征，真正的"鸿篇巨制"并不多，百字以上的尤其少。

短联与长联各有特色，亦各有其用。一般风景名胜用长联的较多，而客堂、书斋等常用短联。喜联或挽联的长短甚至还可以看出来关系的远近，情谊深厚的就会写得长一些，比较客气的自然会短一些。但却不能以联的长短来定作品的高下，有些短联也尽显巧思，能在方寸之间包罗万象。长联之长无法限定，但短联最短全联仅两字，因为上下联各是一个字，为了突出其"短"的特点，这类联一般称为一字联而不叫二字联。一字联要想写好确实非常难，不但要综合考虑这字的音、形、意，还要做到一字之中另有乾坤。试举几个析字一字联的例子：

墨；

泉。

这副楹联在一字联中非常有名，一向被誉为经典，它的个中乾坤就在于析字。"墨"与"泉"都是上下结构，"墨"字拆开为黑土，"泉"字拆开为白水，上半部分黑与白是颜色对，下半部分土和水同属五行，不但本字可以对仗，拆分后对仗也十分工稳。

柳；

坤。

这副联看上去上下联毫无关系，也需要进行拆字解析。"柳"可以拆为"木"和"卯"，"坤"可以拆为"土"和"申"，字的左边木和土同属五行，右边卯和申同为地支，对仗工稳巧妙。

泪；

坡。

此联两字分别拆开后得"水""目""土""皮"四个字，水和土同属五行，目和皮都是人体器官，属于工对。

斛；

愧。

解读这一联更要费点心思，因为这两个字词性就不同，一个名词、一个形容词，很难找出关联性。只能还用拆字的办法解释，两字可以析出"角""斗""心""鬼"四个字，这四个字的关联在于均为二十八星宿之一，真是妙趣横生。

与短联相比，长联可以容纳更丰富的内容，不仅可以施展更多的修辞手段，还可以像做文章一样谋篇布局，尽显才情。一副情文并茂的长联，洋洋洒洒，跌宕起伏，情思奔涌，排比铺陈，如起伏连绵之山川，如滔滔不绝之江河，足以使人游目骋怀，回肠荡气。试举几例以见长联风采：

（1）昆明大观楼长联：

五百里滇池，奔来眼底，披襟岸帻，喜茫茫空阔无边。看东骧神骏，西翥灵仪，北走蜿蜒，南翔缟素。高人韵士，何妨选胜登临。趁蟹屿螺洲，梳裹就风鬟雾鬓。更苹天苇地，点缀些翠羽丹霞，莫辜负四围香稻，万顷晴沙，九夏芙蓉，三春杨柳；

数千年往事，注到心头，把酒凌虚，叹滚滚英雄谁在？想汉习楼船，唐标铁柱，宋挥玉斧，元跨革囊。伟烈丰功，费尽移山心力。尽珠帘画栋，卷不及暮雨朝云。便断碣残碑，都付与苍烟落照。只赢得几杵疏钟，半江渔火，两行秋雁，一枕清霜。

"披襟岸帻"，谓解开衣襟，掀起帽子。"神骏"，指金马山。"灵仪"，指碧鸡山。"蜿蜒"，指蛇山。"缟素"，指鹤山。"蟹屿螺洲"，指滇池中的小岛小滩。"风鬟雾鬓"，指垂柳。"汉习楼船"，指汉武帝因洱海地区昆明族阻碍他从滇池通印度，欲练水军进行讨伐之事。《史记·平准书》："武帝大修昆明池，治楼船。""铁柱"，为唐进击吐蕃时所铸记功之物。"玉斧"，文房玩物，亦说头上饰物。《续资治通鉴·宋纪》："王全斌即平蜀，欲乘势取云南，以图献；帝（宋太祖赵匡胤）鉴唐天宝（玄宗年号）之祸起于南诏，以玉斧画大渡河以西曰：'此外，非吾有也。'"此指宋太祖持玉斧看地图情态。"革囊"，牛羊皮船。《元史·宪宗本纪》："忽必烈（元世祖）征大理过大渡河，至金沙江，乘革囊及筏以渡。""珠帘画栋"与"暮雨朝云"两句，谓功业烟消云散。语出王勃《滕王阁诗》："画栋朝飞南浦云，珠帘暮卷西山雨。"

此联多用领字，根据语意上的需要，或表示连贯，或表示递进，或表示转折。上联一个"看"字，把人们的视线由滇池转向四周；下联一个"想"字，又把人们引入了历史的回顾。除此而外，这两个字还分别表示统领。"看"字统领了东、南、西、北四方，"想"字统领了汉、唐、宋、元四代。"更"字把对滇池美景的描述推进了一层，而"便"字对封建王朝衰败的描述也有深化的作用。领字也可以增强联语的节奏感。如"高人韵士，何妨选胜登临。趁蟹屿螺洲，梳裹就风鬟雾鬓"这几句，由于所用领字的多少不等，"何妨"是二字领，"趁"字为一字领，"梳裹就"又是三字领，使联语的节奏呈现出轻重缓急，读起来抑扬有致，流畅自然。

这副长联，首先由昆明寒士陆树堂用行草书写悬挂在大观楼上，备受赞赏，大观楼也因之增色不少。梁章钜曾说："胜地壮观，必有长联始称。然不过二三十余字而止。惟云南省城附廓大观楼，一楹贴多至一百七十余（应为一百八十）言，传颂海内。"乾隆年间就被誉为"海内第一长联"，直到道光时期还是当之无愧的。咸丰、同治，特别是光绪以来出现的大量长联都是受此联影响的结果。

（2）徐渭题开元寺大殿联：

坛为祝厘之重，暂集衣冠剑佩，尽宜斋沐焚修。况前临芹沼，后倚花封，并称高山仰止。念锡檀家搬柴运米，触目皆证果圆机，切莫向糟丘畔时酣花鸟醒酺，看天堂立登，笑地狱枉设；

寺当辐辏之廛，则凡湿化胎卵，未免屠沽狙会。若故杀养生，因贪恣狡，便附涅海无边。今禅林辈暮鼓晨钟，何下非醒人木铎，但能于枕头卜常见蚌牛觳觫，许今朝入市，与昨日不同。

景常春说这副长联超过百字，比袁文荣所撰那副皇家长联还长一半以上，以徐渭的生卒年来推算，应该比孙髯翁的长联大约早了二百年，可以说是中国楹联史上现存最早超过百字的长联，就字数而论，堪称"明代之冠"。

（3）钟云舫临江楼联：

地当扼泸渝、控涪合之冲，接滇黔、通藏卫之隘，回顾葱葱郁郁，俱围入画江城。看南倚艾村，北塞莲盖，西撑鹤岭，东敞牛栏，焰纵横草木烟云，尽供给骚坛品料。欹斜栋桷，径枝梧魏、晋、隋、唐。仰睇骇穹墟，缰鬼宿间，矮蝶颓堙，均仗着妖群祟伙。只金瓯巩固，须防劫火憎腾；范冶炉锤，偏妄逞盲捶瞎打。功名厄运数也？运数厄功名也？对兹浑浑茫茫，无岸无边，究沦溺衣冠几许？登斯楼也，羽者、齿者、赢者、介者、胆臆鸣者、旁侧行者，怂翅抉抢，喜咭攫扣者，迎潮揭揭趋去，拂潮揭揭趋来，厘然垄集，而乌、兔撼胸，掷目空空，拍浪汹汹，拿橹嚯嚯，挝鼓冬冬，奢以霹雳，骤以丰隆。溯岷蟠蜿蜒根源，庶畅泻波澜壮阔胸怀耳！试想想狂榛朴噩，俄焉狂荡干戈；吴楚睢盱，俄焉汪洋黻冕；侏离腾跻，俄焉渺漾球图。谓元黄伎俩蹊跷，怎怛怯搴髻努眼。环佩铿锵之日，盈廷济济伊周，忽喇喇掀转鸿沟，溪谷淋漓膏液，蚩氓则咆哮虎虎，公卿则谨视幺豚，熊罴鹅鹳韬钤，件件恃苍羲定策。追槛枪扫净，奎壁辉煌，复纱帽下瘫瞌睡虫，太仓里营狡猾鼠，毛锥子乏肉食相，岂堪甘脆肥脓？恁踹踏凤凰台，蹂躏鹦鹉洲，距踊麒麟阁，靴尖略踢，惨鸡肋虏奉尊拳，喑喑叱咤之音，焰闪胭脂舌矣！已矣！余祈蜕变巴蛇矣！斑斑俊物，孰抗逆酤敌凶麟？设怒燔支祁，倒纠率魈魅魍魉；苟缺锯牙钩爪，虽宣尼亦慑桓魋，这世界非初世界矣。爰悄悄上排阊阖，沥诉牢愁，既叨和气氤氲，日父曰母，巽股艮趾，举钦承易简知能。胡觇轴折枢摧，又嫉儿孙显赫，未容咳笑，先迫号啕，恪循板板规模，诸任雷霆粗莽。稽首、稽首、稽首！吁浓恩派归甲族，侣伴虾蟠，泡响昙嘘，尚诩蜉蝣光采。闷缘香藻，喧喤闹铁板铜琶；快聆梅花，潇洒夭琼箫玉笛；疏疏暮苇，瀰寰隔白露蒹葭。嗟嗟！校序党庠，直拘辱士林羞里；透参妙旨，处处睹鱼跃鸢飞。嗜欲阵，迷不着痴女呆男，撞破天关，遮莫使忧患撩人，人撩忧患。懵懂自吉，伶俐自凶，脂粉可乱胡涂，乔装着丑末须髯，彼愈骯脏，俺愈邋遢。讪骂大家讪骂，某本吟僧一个，无端堕向泥犁。恰寻此高配摘星，丽逾结绮，咬些霜，咽些雪，俾志趣晶莹，附舟楫帆樯，晃朗虑周八极。听、听、听：村晴莺啭，汀晚鸥哗，那是咱活活泼泼、悠悠扬扬的性。久坐！久坐！计浊骸允该抛弃，等候半池涨落，拣津汁秘诀揉拣，抟至乳洽胶溶，缩成寸短灵苗，姬煦麂卵，倏幻改绀发珠眸，远从三百六度中，握斧施斤，与渠镌囫囵没窍混沌。

蒙有倾淮渍、溢沪渎之泪，堆衡岳、压泰岱之愁，满腔怪怪奇奇，悉属我心睇泗。念蚕凫启土，刘孟膺符，轼辙挥毫，马扬弄墨，泄涓滴文章勋绩，遂销残益部精华。逼狭河山，怎孕育皋、夔、契、稷？俯吟秋剑栈，除拾遗外，郊寒岛瘦，总凄煞峡鸟巫猿。故卧龙驰驱，终让井蛙福泽；阴阳罗网，惯欺凌渴鲋饥鹏。英雄造时势耶？时势造英雄耶？为问滔滔汩汩，匪朝匪夕，要飘零萍梗何乡？涉巨川耶，恍兮、惚兮、凛兮、冽兮、窔頨洞兮、突溇涡兮，迤逦欧亚，辽夐奥斐兮，帝国务壅民愚，阿国务诱民智，奋欲乘桴，而羿、羿掣楫，履冰业业，褰裳惕惕，触礁虩虩，擎舵默默，动其进机，静其止屈。薮㵉浜潢污行潦，谁拔尔抑塞礌砢才猷乎？叹区区锤凿崔嵬，夸甚五丁手段？组织仁义，夸甚费蒋丝纶？抽玩爻占，夸甚谯程卜筮？在冈底峥嵘脉络，应多少豪杰诞身。沱潜彭湃之余，依旧荒荒巢燧，硬苦苦追踪盘古，弹丸撼拓封疆。累赘了将军断头，凄怆了苌弘葬碧，礼乐兵农治谱，纷纷把尧舜效尤。及淫涨衰平，黎邛顺轨，第薛蕊代芙蓉增色，杜鹃伏丛棘呼冤，峨眉秀鲜桢干材，勉取寰毡橦布，反猢㹴美面目，豺狼巧指臂，狮狻盛威仪，口沫微飞，统捷叙胥惊灭顶，锦纥綷縩之服，宁称穷措体哉？伤哉！予安获贡蜀产哉？巉巉巉巉岩，类钟毓嶙峋傲骨。即肖形凹凸，早姆恼邑贵朝官；假饶赤尺紫标，虽盗跖犹贤柳惠，庶贫贱弗终贫贱哉？冀缓缓私赴泉官，缴还躯壳，诋说神州缥缈，宜佛宜仙，虹彩霓辉，都较胜幽冥黑暗，讵识铅腥锡臊，遍令震旦襁褓，甫卸黳胞，遽烦汤饼，愧悔昏昏囊昔，泣求包老轮回。菩提、菩提、菩提！愿今番褪却皮囊，胚胎蝼蚁，堂砌殿穴，永教宗社绵延。虱脑虮肝，垂拱萃蟪蛄胗鳖；蚊眉蜗角，挤首拥蛮触蠮蚼；小小旃檀，妻妾忞红尘梦寐。噫噫！骈河棘道，乃稽留逐客夜郎；种杂獐猺，啧啧厌鸦啼鸥叫。丘索坟，埋不尽酸齑醋骼，猜完哑谜，毕竟是聪明误我，我误聪明。宇宙忒宽，瞳眶忒窄，精魂已修所炼，特辜负爹娘鞠抚，受他血肉，偿他髑髅。浮沈乐与浮沈，孽由酷滥九经，始畀投生微斋。且趁兹沙澄洗髓，渚澈湔肠，唏点月，哦点风，倩酒杯斟酌，就诗词歌赋，权谋站住千秋。瞧、瞧、瞧：蓼蓉椹敲，荷瘘桨荡，却似仆凄恻恻、漂漂泊泊的情。勿慌！勿慌！料蓝蔚隐蓄慈悲，聊凭双阙梯崇，望银涛放声痛哭，哭到海枯石烂，激出丈长鼻腻，掬付龟鳖，嘱稳护方壶员峤，近约十二万年后，跟踪蹑迹，视侬斫玲珑别式乾坤。

钟云舫名祖芬，江津人，清代著名楹联家。他自称硬汉，号铮铮居士，以长于撰楹联著称，故有"联圣"之称。这副江津临江楼联长达一千六百一十二字，文采飞扬，古今罕见，号称"天下第一长联"，在中国楹联史上有不可替代的地位。

第三节 集句联与创作联

楹联按其联语来源可以分为集句联和创作联。一般来说文学作品都应当是作者自己创作的成果，但楹联还有一个比较特殊的创作方法，就是集句联。

集句联是指从前人诗词文章中摘取两个句子集合成一副楹联，集句联的应用范围十分广泛，灵活性强。对于从前人的诗词文章中直接摘取成对的一联单独使用的楹联叫作摘句联，最常见的是直接摘取律诗中间的对仗联作为楹联使用。集句联与摘句联都取用了前人成句，从这点来看有其共性，但其不同点在于摘句联是直接取用前人诗文中的一副成联，集句联则需要一个"集"的过程，要搜检不同的诗文，找到从内容到格律都能匹配的两个句子作为一联，既要形式统一，又要另出新意。严格来说"摘句"不能算是创作，"集句"则有创作的成分，因而本节仅就集句联做一些论述。

集句联的上下联可以不是同一位作者，也可以分别出自诗、词、曲、赋、散文等不同体裁的作品，但必须做到形式和内容都相配才算合格。集句联易作而难工，作者需要有深厚的古文积累和奇特的联想能力。例如清代端方集李商隐的一句诗和苏轼的一句词题镇江焦山夕阳楼："夕阳无限好；高处不胜寒。"这一联内容与所题景物吻合极佳，既让人感受到了夕阳楼高耸云天的形象，也品味到其命名的深意。这样的集句既有用典之妙，也能自出新意。

有一副钱起和李白诗句集句联经常被酒家用来作门联："阳羡春茶瑶草碧；兰陵美酒郁金香。"上联是钱起诗句，下联是李白诗句，据说是米芾所集。这一联茶与酒相对，花与草相对，用语优美，浑然天成。

"不到长城非好汉；难酬蹈海亦英雄。"这是一副集毛泽东词句和周恩来诗句的楹联，不管从音律上还是从对仗上，都比较贴切、自然。关键是感情贯通，境界相伴，气势恢宏，浑然一体，虽然从词性来看，"长"是形容词，"蹈"是动词，算不上工对，但不失为佳作。

王安石集谢贞、王籍诗句的集句联："风定花犹落；鸟鸣山更幽。"这一联不仅对仗工整，而且语言风格极其相近，用词婉丽、清新，合在一起让人更有身临其境之感。

集同一作者诗句的楹联也比较常见，如鲁迅先生集《离骚》句联："望崦嵫而勿迫；恐鹈鴂之先鸣。"这一联中"崦嵫"是山名，神话传说中日落的地方，"鹈鴂"是鸟名，其鸟叫的时候，天气就要变凉。上联的意思是太阳不要离崦嵫山太近，就是不要这么快就落山的意思，下联说害怕鹈鴂过早地鸣叫。两句都表达了对时间流逝的担忧，意在激励人们珍惜时间，不要荒废时光，这一集句联可谓是立意新颖的典型。

另外，集句联还可以以一个上联匹配多个下联，营造出不同的意境，适用于不同的场合。比如南京莫愁湖有一副清代洪亮吉书写的楹联："水如碧玉山如黛；云想衣裳花想容。"集薛蕙和李白的诗句成联，对仗工整，浑然天成，与山光水色相映成趣，就"水如碧玉山如黛"这个诗句，历代文人还匹配出了多副对仗工稳的楹联，如："水如碧玉山如黛；凤有高梧鹤有松。""水如碧玉山如黛；月似金钩星似珠。"马年春节时还有人以"人奋雄心马奋蹄"为对作为春联使用，还有人以歌词"你是风儿我是沙"戏对，颇有无情对的意味，不禁会人解颐。以上对同一句子的各种集句搭配立意不同，使用场合不同，而各有韵味，可见集句联也有很大的创作空间。

集句联举例：

物华天宝；
人杰地灵。

容光无不照；
怀古亦何深。

荣华肖天秀；
谈笑安边隅。

文章自娱戏；
忠义老研磨。

传家有衣钵；
听履上星辰。

经纶皆新语；
鸾凤本高翔。

上客能论道；
虚怀只爱才。

肝胆不楚越；
眉宇真天人。

云霞成伴侣；
冰雪净聪明。

未曾一日闷；
犹有五湖期。

黄卷真如律；
素琴本无弦。

新诗如洗出；
好鸟不妄飞。

鸟鸣时一再；
家住水东西。

琴声遍屋里；
书卷满床头。

发心求正觉；
忘己济群生。

静坐观众妙；
端居味天和。

文章辉五色；
心迹喜双清。

序天伦之乐事；
师圣人之遗书。

江山如此多娇；
风景这边独好。

三年奔走空皮骨；
万古云霄一羽毛。

曲江山水闻来久；
庾信文章老更成。

忆事怀人兼得句；
引杯看剑坐生风。

万卷藏书宜子弟；
一日过海收风帆。

每闻佳士辄心许；
不辨仙源何处寻。

前身应是梁江总；
百岁须齐卫武公。

诗翁爱酒常如渴；
草堂少花今欲栽。

何当报之青玉案；
可以横绝峨眉巅。

万壑松风和涧水；
十分烟雨簇渔乡。

功业须当垂永久；
行藏争不要分明。

一即是多多即一；
文随于义义随文。

鸟歌来转，花浓雪聚；
云随竹动，月共水流。

临水看云，寸心分付梅驿；
挥毫赋雪，一笔写入瑶琴。

竹外疏花，冷香飞上诗句；
梅边吹笛，此地宜有词仙。

春欲暮，思无穷，应笑我早生华发；
语已多，情未了，问何人会解连环。

临流可奈清癯，第四桥边放棹过环碧；
此意平生飞动，海棠花下吹笛到天明。

别来岁月为谁留？二分尘土，一分流水；
啼到春归无处寻，红了樱桃，绿了芭蕉。

似曾相识燕归来，残照当楼，登临望故国；
可惜明年花更好，江山如画，何处唤春愁。

第四章 楹联的艺术特征

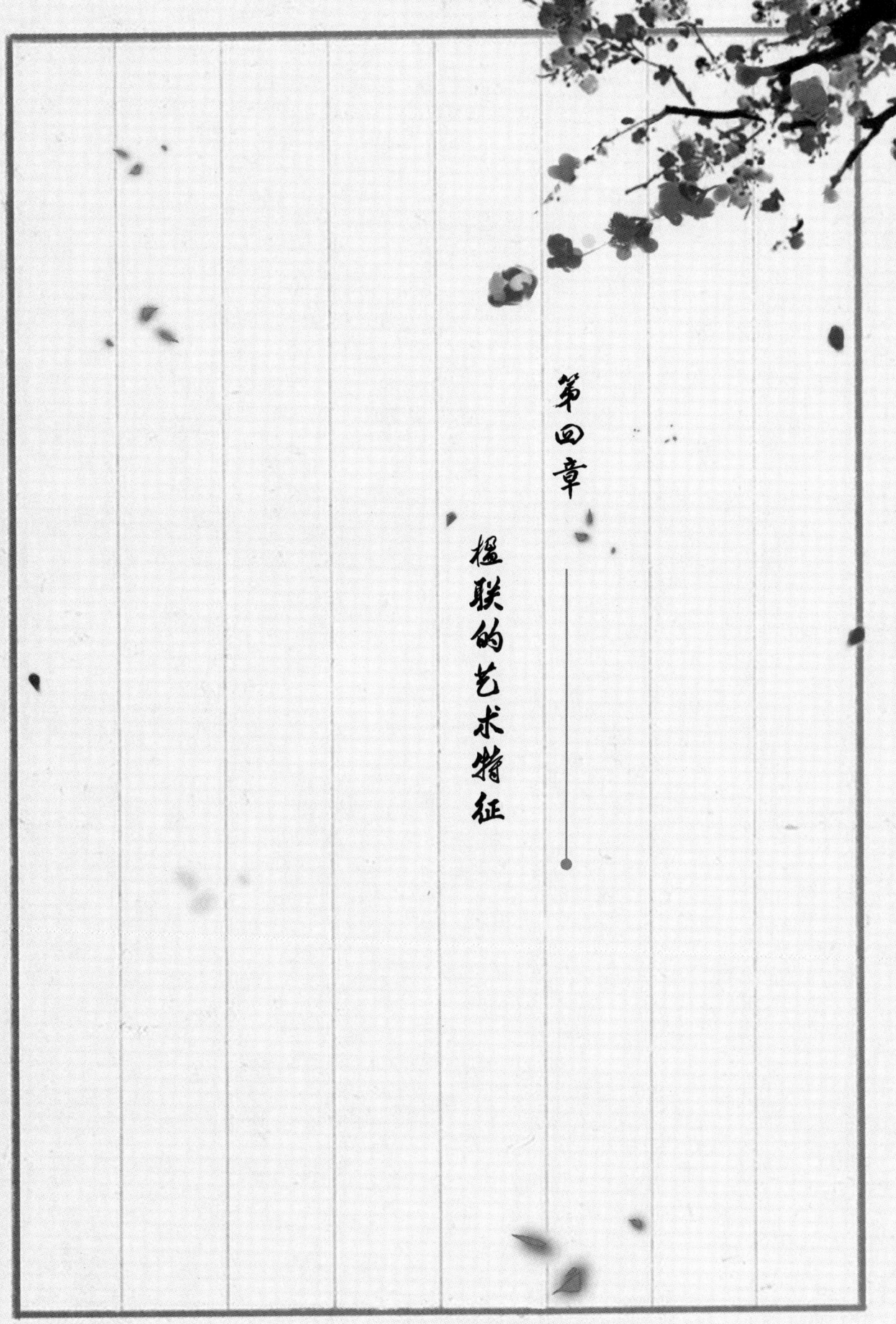

第一节　楹联修辞

楹联与其他文体一样，其创作离不开各种修辞手法的运用，楹联中比较常用的修辞技巧有比拟、回文、嵌字、析字、叠字，还有一些楹联文体特有的特殊修辞手段和方法，如双关、同旁、玻璃、飞白等。

一、比拟

比拟就是将甲比作乙。比拟可分为以物拟人、以人拟物和以一物拟另一物，楹联中拟人手法应用较多，如："春风放胆来梳柳；夜雨瞒人去润花。"此联将春风和夜雨拟人化，说春天来了，花草树木的生长仿佛是由春风春雨"梳"和"润"的结果，而且用了"放胆"与"瞒人"这两个词，更是让人感受到了春风、夜雨的情态，趣味十足，拟人修辞的效果显著。再如李维丙撰湖南桃花源水源亭楹联："洞辟几时，问桃花而不语；亭蹲一角，对潭水以怀情。"上联对桃花问话，下联中的亭像人一样"蹲"着，且"对潭水""怀情"，就是分别将桃花和亭拟人化，赋予人的行为和思维特征，十分生动形象。还有将人比拟为物的，相传清代广东名士宋湘有一次到西北某省，当地文人设宴款待他。席间，有人出一上联嘲讽宋湘，故意为难他："东鸟西飞，满地凤凰难下足。"宋湘当即对出下联："南龙北跃，一江鱼鳖尽低头。"出句人将来自南方广东的宋湘比为鸟，将自己比作凤凰，而宋湘则以龙比喻自己，将当地文人比作鱼鳖，以工整的对句成功反讽，传为佳话。

比拟联举例：

金殿凤凰鸣晓日；
玉阶鹦鹉醉春风。

鹊噪鸦啼，并立枝头谈祸福；
燕来雁去，相逢路上话春秋。

柳线莺梭，织就江南三月景；
云笺雁字，传来塞北九秋书。

洞口开自哪年？吞不尽潇湘奇气；
腹内藏些何物？怕莫是古今牢骚。

二、回文

　　回文就是利用词语往复以表达事物间有机联系的一种艺术手法，不过有时为了追求回文的效果，上下联在对仗方面往往难于工严。楹联中的回文运用有三种情况，一种是在两联之间递交往复，如："中华传妙墨；妙墨焕中华。"此联以"传""焕"两个动词表达了"中华"和"妙墨"之间的有机联系。形式上下联与上联首尾相接，同一个词往复运用。第二种情况是同一联句内的词语往复，如"地楼上起楼，楼间无地；天井中开井，井底有天"，这一联上下句中间都用了顶针连珠，第一分句的第一个字与第二分句的最后一个字重复。还有局部倒语的情况，如叶铭题杭州孤山四照阁楹联："面面有情，环水抱山山抱水；心心相印，因人传地地传人。"联中"山抱水""地传人"都运用了回文形式。第三种是逐字反读，又叫作回环，如"雾锁山头山锁雾；天连水尾水连天"，上下联正读倒读都完全一样。还有一类是上下联单独回文，如"人过大佛寺，寺佛大过人；客上天然居，居然天上客"，这副联相传原先只有出句，后来纪晓岚对上了下联，虽然对仗方面有些欠工整，但难得能将上联的回文手法对上。

　　回文联举例：

　　僧游云隐寺；
　　寺隐云游僧。

　　并蒂莲开莲蒂并；
　　双飞燕侣燕飞双。

　　处处飞花飞处处；
　　潺潺碧水碧潺潺。

　　凤落梧桐梧落凤；
　　珠联璧合璧联珠。

　　佛山香敬香山佛；
　　翁源乳养乳源翁。

斗鸡山上山鸡斗；
龙隐岩中岩隐龙。

暮天遥对寒窗雾；
雾窗寒对遥天暮。

上海自来水来自海上；
黄山落叶松叶落山黄。

车脚推车，车轮脚碾伤车脚；
火头烧火，火柴头打破火头。

白鸟忘机，任林间云去云来，云来云去；
青山无语，看世上花开花落，花落花开。

三、嵌字

嵌字联就是将人名、地名、事物名或有特定含义的字嵌入联语之中，以突出主题、暗寓褒贬。嵌字联用途很广，名胜园林、婚寿贺赠、商业店堂都经常使用嵌字、嵌名的技巧。在现代社会人际交往中，嵌字联的用途更加广泛。

嵌字联的形式可以分为整嵌、散嵌等。所谓整嵌就是一个名称在联中使用时不拆开，如岳阳楼联："后乐先忧，范希文庶几知道；昔闻今上，杜少陵始可言诗。"这一联完整嵌入"范希文"和"杜少陵"之名。四川剑阁楼姜维祠有一联："九伐竟无成，心师武侯，能继祁山六出志；三分不可恃，计诛邓艾，已复阴平一败仇。"此联完整嵌入了"武侯""邓艾"两个人名和"祁山""阴平"两个地名。又如"水仙子持碧玉簪，风前吹出声声慢；虞美人穿红绣鞋，月下引来步步娇。"这一联在上下联相应位置共嵌入《水仙子》《碧玉簪》《声声慢》《虞美人》《红绣鞋》《步步娇》六个词牌名，构思可谓巧妙。

散嵌又称分嵌或拆嵌，在楹联中应用较多，就是将要嵌入的词语拆开分别嵌入联句，所嵌的字可以是顺序，也可以倒序，如飞来峰冷泉联："泉自几时冷起？峰从何处飞来？"又如长沙天心阁联："四面云天都到眼；万家烟火最关心。"防城港三圣庙联："三神安海宇；圣德济苍生。"上下联首字分嵌"三""圣"两字。翰林典藏书画店联亦是散嵌："翰墨清香藏典韵；林泉幽远振高风。"

防城港三圣庙楹联：三神安海宇；圣德济苍生。
（侯艳摄于防城港）

嵌字楹联：翰墨清香藏典韵；林泉幽远振高风。
（陈辉成摄于钦州，侯艳撰联，王传善书丹）

嵌字联举例：

丹桂虬枝欺鬼斧；

琼林洞府仗神工。

钦州灵山大芦村东园别墅二座联：

东壁书有典有则；

园庭诲是训是行。

王翘松题凤城联：
铿锵金玉鸣雏凤；
锦绣河山耀古城。

陈华峰赠常江联：
常涌文思潮卷岸；
静临意境月涵江。

刘一平题海南岛联：
霞辉隅海椰林美；
雾霭南疆岛景奇。

清远飞霞洞三仙殿联：
清游古寺三仙殿；
远览飞霞两洞天。

何沁学赠侯艳嵌名联：
侯门春驻花争艳；
联苑志酬韵竞新。

郭沫若题桂湖公园联：
桂蕊飘香，美哉乐土；
湖光增色，换了人间。

侯艳题博鳌玉带滩：
江海相依，玉带当风迎晓日；
云霞作伴，银滩待月数归帆。

侯艳贺著名书画家唐玉润先生九十华诞：
九秩修龄，九如君子，冰心玉骨德风润；
一枝湘管，一片深情，铁画银钩艺海馨。

邵阳双清亭公园联：
双双对对皆然，为江为塔为桥，来人亦复乃尔；
清清白白所在，是月是风是水，此身其又如何。

曾国藩与左季高戏作嵌名联：

季子敢言高，仕未在朝，隐未在山，与吾意见偏相左；
藩臣多误国，进不能攻，退不能守，问他经济有何曾？

四、析字

析字就是将字拆开或者拼合以产生艺术效果，包括拼合、拆分、置换、增减和描形五种。

拼合就是合零为整，如："二人土上坐；一月日边明。"上联由两个"人"字加一个"土"字拼合成"坐"字，下联一个"日"字加一个"月"字拼合成"明"字。又如："此木为柴山山出；因火生烟夕夕多。"这一联上下联各拼了两个字，上联"此""木"拼合成"柴"，两个"山"拼合成"出"，下联"因""火"拼合成"烟"，两个"夕"拼合成"多"。

拆分是化整为零，如："踏破磊桥三块石；分开出路两重山。"上联把"磊"分成三个"石"字，下联把"出"分成两个"山"。再如："鸿是江边鸟；蚕为天下虫。"上联将"鸿"字拆成"江"和"鸟"，下联将"蚕"字拆成"天"和"虫"。

置换是放进一个字换出另一个字的一部分。如："鸟入风中，啄去虫而为凤；马来芦边，吃尽草以成驴。"上联用"鸟"字置换了"風"字中的虫，就成了"鳳"（凤）字，下联用"马"字置换"芦"字上面的草字头，就组合成了"驴"字。再如："或入园中，推出老袁还我国；余行道上，不堪回首话前途。"此联为讽刺袁世凯卖国求荣而作，上联以"或"字置换"園"（园）字中的"袁"，成为"國"（国）字，下联以"余"字置换"道"字中的"首"成为"途"字，构思奇巧，内容与形式完美匹配。

增减指增加或减少某字的笔画或者偏旁成为另一个字。据《佳联趣话》云，某地熊县长为巴结上级来视察的官员卞某，整天招待其吃喝玩乐，而不办正事。当地一教员作一联讽刺他们："熊县长能者多劳，跑断四条狗腿；卞委员下来不见，缩起一点龟头。"此联将"熊"字去掉下面四点变成"能"，"卞"字去掉上面一点变成"下"字，"能"与"下"就是"熊"与"卞"减少笔画而成。

描形就是对笔画走向或者位置的形象描写。如沈筠溪与弟弟风雨天一起进城时遇到陈方伯兄弟一起在家，陈方伯戏作一个上联："大雨沉沉，二沈伸头不出。""沈"字不出头就是"沉"，这句既是形象描写这两个字的字形，也戏谑了沈家兄弟在自己家避雨的情景。沈筠溪当即对了下联：

"狂风阵阵，两陈摇尾不开。""陈"字末两笔连成一笔即是"阵"字，下联的"摇尾不开"可谓形象生动，恰与上联匹敌，令人忍俊不禁。

析字联举例：

八刀分米粉；
千里重金锺。

闲看门中木；
思耕心上田。

一明分日月；
五岳各丘山。

议论吞天口；
功名志士心。

妙人兒倪家少女；
大言者諸葛一人。

品泉茶，三口白水；
竺仙庵，两个山人。

冻雨洒窗，东两点，西三点；
切瓜分客，横七刀，竖八刀。

嫁得潘家郎，有田有米有水；
娶来何门女，添人添口添丁。

枣棘为薪，截竖开横成四束；
阊门启户，移多补少作双间。

冰凉酒，一点，两点，三点水；
丁香花，百头，千头，万字头。

五、叠字

叠字又称叠音，即将某字重叠运用，叠字就是叠词，一副对联中可以全用叠字，也可以部分叠字，但要运用在上下联相同的位置。全联都用叠字最著名的当数西湖的一副楹联："水水山山，处处明明秀秀；晴晴雨雨，时时好好奇奇。"这一联灵活化用了苏东坡诗中的"水光潋滟晴方好，山色空蒙雨亦奇"，全联都用叠字，活泼有趣，读来音韵紧凑和谐，构思可谓奇巧。还有苏州网师园联："风风雨雨，暖暖寒寒，处处寻寻觅觅；燕燕莺莺，花花叶叶，卿卿暮暮朝朝。"这联从各个方面渲染网师园美景，婉转旖旎，尽显江南灵秀风韵。部分用叠字的联更多，如济南趵突泉联："佛脚清泉，飘飘飘飘，飘下两条玉带；源头活水，冒冒冒冒，冒出一串珍珠。"上下联"飘"字和"冒"字各叠用五次，前四叠描写清泉流动及泉水冒出的形态，第五叠作为动词用，引发出"两条玉带""一串珍珠"的联想。

部分叠字一般都要求上下联相应位置都用叠字对应，句中自对属于例外，如："中天台观高寒，但见白日悠悠，黄河滚滚；东京梦华销尽，徒叹城郭犹是，人民已非。"这一联中上联"白日悠悠"与"黄河滚滚"构成自对，下联"城郭犹是"与"人民已非"构成自对，因而上联叠字位置下联未以叠字相对也算合律。

叠字联举例：

行，行，行，行行且止；
坐，坐，坐，坐坐何妨。

翠翠红红，处处莺莺燕燕；
风风雨雨，年年暮暮朝朝。

四壁山峰，淡淡浓浓图画；
满天星斗，圈圈点点文章。

俯瞰桑干，滚滚波涛索似带；
遥临恒岳，苍苍岫嶂屹如屏。

凌霄岚翠，翠翠红红，处处融融洽洽；
峭壁醴泉，泉泉洌洌，常常滴滴答答。

块块条条社，花花草草，巷巷清清爽爽；
前前后后区，燕燕莺莺，人人快快活活。

台榭漫芳埔，柳浪莲房，曲曲层层皆入画；
烟霞笼别墅，莺歌蛙鼓，晴晴雨雨总宜人。

风风雨雨，寒寒暑暑，满满潺潺，潇潇洒洒；
岁岁年年，朝朝暮暮，恩恩怨怨，憩憩悠悠。

劳心苦，劳力苦，苦中作乐，且到这凉亭坐坐；
为名忙，为利忙，忙里偷闲，暂把那笑话谈谈。

六、双关

双关指用一个词语同时关顾两个不同的事物，言在此而意在彼，可以是谐音双关，也可以是寓意双关，如："因荷而得藕；有杏不须梅。"上联"荷"谐音"何"，"藕"谐音"偶"，表面意思指因为有荷花而得到了莲藕，谐音寓意是为什么而得到了佳偶？下联"杏"谐音"幸"，"梅"谐音"媒"，表面意为有杏子就不需要梅子了，谐音寓意为因为幸运所以不用媒人的介绍，恰好回答了上联的问句，正是巧妙双关。

相传明代徐祯卿与文徵明游园看假山，徐出上联："立湖石于江心，岂非假岛。"文对下联："蒙虎皮于马背，谓是斑彪。"上联中的"假岛"谐音"贾岛"，下联中的"斑彪"谐音"班彪"。

还有借形表达的双关联，如清道光年间题理发店联："虽云毫末技艺；却是顶上功夫。""毫末"指的是毛发，取细小意，"顶上"就指头上，同时也有"最好"的意思。所说和所指，都用同一形体的字表达，属于借形双关。

有些楹联的双关性不明显，需要依靠背景推理，如贵阳图云关可憩亭联："两脚不离大道，吃紧关头，须要认清岔路；一亭俯瞰群山，占高地步，自然赶上前人。"上联说的是艰难时刻，不要把路走错了。下联说的是站在山的高处，就会看到前面的人。它实际表达的意思是在人生的关键时刻，不要走到邪路上去；站在高瞻远瞩的位置，就会赶上前贤。

还有综合运用各种双关手法于一联的，如相传清代有个生员替人考试被抓，戴着枷锁示众，他请人在枷上写上"琼林独席"，又题一联："坐破寒毡，从此渐入佳境；磨穿铁砚，而今才得出头。"学使大人见了这副联与题额，笑着放了他。"佳境"指的是美好境界，而此处谐音"枷颈"，意为"枷住颈项"，"出头"是出人头地的意思，但此处指"头从枷中露出来"，是寓意双关。

双关联往往要了解联语的背景或相关典故才能见其双关之意，如袁世凯死后有人给他送了一副挽联："起病六君子；送命二陈汤。""六君子"

既是中药名，也指杨度、孙毓筠、胡瑛、刘师培、严复、李燮和六人。这六人曾在袁世凯之子袁克定的授意下，联名通电全国，组织筹安会，鼓吹君主立宪，从此袁世凯就开始筹备做皇帝，但很快就遭到全国声讨。"二陈汤"也是中药名，在此指的是袁世凯的亲信陈树藩、陈宦和汤芗铭三个，他们三人的姓恰好是两个陈一个汤，极其巧合。这三人在形势逼迫下宣布所在省份独立，脱离袁世凯，致使袁世凯感到大势已去，最后一病不起。

双关联举例：

莲子心中苦；（怜子心中苦）
梨儿腹内酸。（离儿腹内酸）

入门兵部体；（入门冰布体）
出户翰林身。（出户汗淋身）

栗绽缝黄见；（栗绽凤凰见）
藕断露丝飞。（藕断鹭鸶飞）

昨夜敲棋寻子路；
今朝对镜见颜回。

眼前一处园林，谁家庄子？
壁上几行文字，哪个汉书？

两舟并行，橹速不如帆快；（鲁肃不如樊哙）
八音齐奏，笛清难比箫和。（狄青难比萧何）

二猿断木深山中，小猴子也敢对锯（句）；
一马陷足污泥里，老畜牲岂能出蹄（题）。

七、同旁

同旁指偏旁相同的字按一定的方式组合成联，有的是一联中的部分字同旁，有的全联都用同旁字，如："烟锁池塘柳；炮镇海城楼。"这一联上下联的五个字其偏旁都分别为"金""木""水""火""土"五行，上下联相同位置上的字属于有规律的同旁。单边联句中用了同偏旁字的情况更多，如："琴瑟琵琶，八大王一般头面；魑魅魍魉，四小鬼各自肚肠。"这一联是上下联分别有四个同旁字。全联都有同旁字的如："宦官寄宿穷家，寒窗寂寞；家宰安宁富宅，宇宙宽宏。"

同旁联举例：

湛江港清波滚滚；
渤海湾浊浪滔滔

迎送远近通达道；
进退迟速遊逍遥。

江河湖海清波浪；
通达逍遥远近游。

骐骥腾骧驽骀驰骋；
铁铜镕铸钟铎铿锵。

江河湖海浪淘沙波涛汹涌；
兰蕙茎蘅苞蓄蕊花叶芬芳。

六木森森，桃李杏梅松柏；
三水淼淼，滇池渤海湘江。

八、玻璃

所谓玻璃对，是指对联上的字贴在玻璃上两面都能认读的一些字组成的对联。其特点是就字型而言，左、右字型结构基本对称一致，造成字本身的一种形态美，成为楹联特有的一种修辞形式。这样的字用篆书写在玻璃上，无论正看、反看字体均相同，如"大""文""因""天"之类，当代也可以用简体字作玻璃对。梁章钜在《楹联续话》中说："……至吴山尊学士，始出意制玻璃联子，一片光明，雅可赏玩。惟字画不能无反正之嫌。学士又运其巧思，使之表里如一。其句云：'金简玉册自上古；青山白云同素心。'上制一横额，题'幽兰小室'四篆字，又请孙渊如观察以双款篆书'山尊先生孙星衍'七字，正面反面，并是一样，其巧不可阶如此。"

玻璃联因用篆字书于玻璃上，选字必须要求对称统一，以达正反如一。如前揭之联："金简玉册自上古；青山白云同素心。"清代玻璃对："文同画竹两三个；丁固生松十八公。"此联中的文同为宋代大画家，以善画竹和山水著称。"两三个"是指竹叶恰似"个"字。丁固为三国时吴国人，初仕尚书，因梦松树生于腹上，便对人说："松字拆开乃十八公也，再过十八年我当为公。"后果官至司徒（汉时称司马、司徒、司空为三公），此联不仅反正皆宜，且用典自然，可称形式与内容完美统一。这副对联，简练精短，用词严谨，而且符合玻璃对的基本要求，是一副极妙的绝对。又如网络对句中曾于汉典论坛见网友平凡人老师以"光风霁月黄山谷"为出句求玻璃对下联，侯艳对以"双燕重帘白玉堂"，因上下句全用玻璃字，符合基本要求，且以人名"白玉堂"对人名"黄山谷"，语句自然流畅，当时获评第一。

玻璃对举例：

合奏同心曲；
喜开并蒂英。

亲朋其喜全堂喜；
凤凰同心不二心。

百宜百合春景丽；
十全十美恋意真。

甲申吉幸春来早；
中土昌兴业共荣。

北冈云山开画本；
东山丝竹共文章。

富贵亲朋共赏三春美景；
合心凤凰同普四季文章。

山水林田，至营口宜赏美景；
桑蚕米果，出盖县富甲关东。

九、飞白

白即别字，飞白是指明知其错却故意效仿以达到幽默的效果，可以是有意的读错或写错，也可以故意用同音或谐音字置换原字。如相传清末某年科考，题名为"昧昧我思之"，用的是《尚书》的句子。有位考生粗心把题目错抄成了"妹妹我思之"。教官看到这份考卷不禁失笑，提笔批道："哥哥你错矣"，与考生错写的题目恰好配成一副工整的楹联，幽默感十足。又如一位秀才路经一处蒙馆，听到学生在里面读《曲礼》，把其中的"临财毋苟得，临难毋苟免"错读成了"临财母狗得，临难母狗免"，当时教书先生正在打盹，没听到学生读错，这位路过的秀才以为教书先生是误人子弟的庸才，就大声地说出一句上联讽刺他："曲礼一篇无母狗。"教书先生听到他这一联，明白是在嘲笑他教错学生，于是顺口接了下联："春秋三传有公羊。""公羊"指《春秋公羊传》，与"母狗"恰好成对。这副上联中的"母狗"就是依学生读错的字将错就错形成的飞白，上下联天衣无缝，堪为绝妙。谐音飞白联如："民国万税；天下太贫。"这副民国年间刘师亮所做的楹联有意利用谐音，将"万岁"说成"万税"，将"太平"说成"太贫"，揭露了民国年间战乱频繁，苛捐杂税过多，民不聊生的现象。

第二节　楹联的句式特征

　　楹联作为古典文学中的一个独立门类，有大量传世作品的联律并没有局限于诗词句式和骈文句式的格律，有些融入了词曲句式、古文句式以及其他文学形式乃至口语的句式，具有更广泛的应用场景。了解这些不同的文体格调特征，对楹联鉴赏有重要意义。

　　特别是明代早期，桃符习俗与春帖子习俗合二为一，以红纸书写联句，形成了创作春联的新风俗。之后，在婚嫁、寿诞等场合，在厅堂、园林乃至祠堂庙宇中题写楹联，慢慢演化成了社会风俗，引起以李开先、杨慎等为代表的文人士大夫们对这一文学形式的注意，他们作为联家在现实生活中注重创作与应用。正是文人的介入，明清时期楹联的句式特点逐渐被各类文体所浸润，使楹联的创作容量有了更高、更新的要求，联句的长度和句式结构也变得越来越复杂。特别是词曲的句式对楹联的句式产生了明显的影响。例如将词中的领格字和曲中的衬字之法引入到楹联创作中来。领格字可起到统领、引领的作用，且在词中声律要求较宽；衬字多为虚字，可起到调节节奏的作用，增强了楹联文体的表现力，同时也使楹联的格律更加灵活与宽泛。词曲影响楹联句式还表现在句内平仄的交替并不一定严格按每两字一个节奏，便有了如六言句"今宵酒醒何处",八言句"应是良辰美景虚设"这样的句式。

　　清以来的联家,持中守正,一般以诗词语言或虚字较少的骈文语言为主,注意奇偶句式的组合搭配,多采用"四七""五七""五四七"等句式,在形式上完全遵守诗词格律,不用或少用领字,给人以典雅堂皇之感。而张扬个性和喜欢出奇制胜者,则多采用骈文乃至古文句法与诗词句式相穿插组合的方式,多用领字与自对,格律上即事成文,因势成格,自成法度,相对自由,以铿锵顿挫的语调增加奇崛恣肆之气。古典词的句式、散曲的句式乃至古文的句式都被引用到楹联的句式结构中来,使楹联有了新的文体格调。语体格调在某种程度上决定着一种文化的格律要求,所以说,只有涵盖了诗、词、曲、骈文、古文等各类句式风格的格律要求,才是较为合理的"楹联句式特征"。因此,刘太品在他的《联学管窥》中,把楹联定位为融合了诗词曲赋以及古文的"边缘文体":"从句式和语言风格上区分,可以看出对联的发展就是不断融合种类文体特点的过程:庄重的五、七言源自律诗;典雅的四、六句式源自骈文;铺叙者源于赋;雅丽者源于词;流畅简洁并常带语助词者源于古文;并有以古今口语入联的俚语联和白话联。可以说,对联实际上是由各种文体特点复合而成的边缘文体,它们共同遵循对联的艺术特点,使对联最终形成'别是一家'的独立文体。"这里的"别是一家"就是体现在楹联的句式特征上。楹联的常用句式主要可以分为以下几类。

　　1. 律诗句式

　　最初,对联以五、七言为多,这是对联句式的主流,这种诗歌式的对联,至今仍占大多数。如:

轻风扶细柳;
淡月失梅花。

　　2. 词句式

　　到了宋朝,词逐渐兴盛,同时也丰富了对联艺术。如徐达故居联:

大江东去,浪淘尽千古英雄,问楼外青山、山外白云,何处是唐宫汉阙;
小院春回,莺唤起一庭佳丽,看池边绿树、树边红雨,此间有舜日尧天。

　　3. 民歌句式

　　有的对联很像民歌,语言通俗朴素,形式生动活泼,很有民歌情调。

如解缙联：

金水河边金线柳，金线柳穿金鱼口；
玉栏杆外玉簪花，玉簪花插玉人头。

4. 散文句式

即以文人联，如清末文人俞樾的自挽联：

生无补乎时，死无关乎数，辛苦苦著二百五十卷书，流传人间，是亦足矣；
仰不愧于天，俯不怍于人，浩荡荡历半生三十年事，放怀一笑，吾其归乎？

5. 戏文句式

有的联从断句、叠词上看，很有戏文的味道，例如：

想当年那段情由未必如此；
看今日这般光景或者有之。

再如：

莺莺燕燕，翠翠红红，处处融融洽洽；
风风雨雨，花花草草，年年暮暮朝朝。

6. 曲句式

曲的格调表现在语言质朴自然，新鲜泼辣，形象生动，诙谐。此类对联具有文而不文、俗而不俗的风格。例如棺材铺联：

这买卖稀奇，人人怕照顾我，要照顾我；
那东西古怪，个个见不得它，离不得它。

7. 成语句式

有的对联为成语嵌成，可以作为格言。如林则徐撰联：

海纳百川，有容乃大；
壁立千仞，无欲则刚。

8. 绕口句式

有的楹联采用了谐音、同音等创作手法，读起来很像绕口令。如：

屋北鹿独宿；
溪西鸡齐啼。

再如：

烟沿檐，烟燕眼；

渔遇雨，渔愈娱。

9. 谜面句式

有的楹联像一则谜面，可以作为谜语来猜。例如：

白蛇过江，头顶一轮红日；（油灯）
青龙挂壁，身披万点金星。（杆秤）

10. 骈文句式

用骈体写成的文章称为骈文，骈文讲究词句整齐、对偶、声韵和谐、辞藻华美。汉、南北朝后，骈文风行，影响了中国几千年的文学史。对联同样受其影响，骈文格调的对联在清代的长联中得到了淋漓尽致的发挥。这种格调在清代以前出现得并不多，清末民初，对联越写越长，从此，骈文格调便有了充分发挥的余地。如武汉黄鹤楼联：

数千年胜迹，旷世传来，看凤凰孤岫，鹦鹉芳洲，黄鹤渔矶，晴川杰阁，好个春花秋月，只落得剩山残水，极目古今愁，是何时崔颢题诗，青莲搁笔；

一万里长江，几人淘尽？望汉口斜阳，洞庭远涨，潇湘夜雨，云梦朝霞，许多酒兴风情，尽留下苍烟晚照，放怀天地窄，都付与笛声缥缈，鹤影蹁跹。

此联用了大量的骈句，如"凤凰孤岫，鹦鹉芳洲，黄鹤渔矶，晴川杰阁"，"汉口斜阳，洞庭远涨，潇湘夜雨，云梦朝霞"等，把人带入旷远、舒展的诗情画意之中，而且用词典雅、清丽、极富文采，边叙边议，挟眼前景物、历史风云，铺成一幅壮美的画卷，文辞激扬，如栏外涛声，从远而近，不绝于耳。

第五章

楹联鉴赏

第一节　名胜楹联鉴赏

我国幅员辽阔，历史悠久，山川壮美，人文荟萃，处处都有风景名胜、文物古迹，题写于这些胜迹的楹联就称为名胜联或胜迹联。配置得当的名胜联可以点明该景物的历史文化内涵，让读者获得审美享受，深化对景观人文特色的理解，可谓景与联交相辉映，相得益彰。我国有着丰富的名胜楹联文化资源，这些楹联往往情景交融，内容与形式皆美。如：

安徽南湖书院楹联："漫研竹露裁唐句；细嚼梅花读汉书。"南湖书院始建于明末，位于安徽省黟县的南湖北畔。这座具有传统徽派风格的古书院，由志道堂、文昌阁、会文阁、启蒙阁、望湖楼及祇园六部分组成。一湖碧水位于书院前，连栋楼舍接着书院，书院黛瓦粉墙，与碧水蓝天交相辉映。志道堂就是书院的讲堂，这一联就在志道堂。上联"漫研竹露"指以竹露研墨，下联"细嚼梅花"是指欣赏品鉴梅花，竹与梅都被称誉为花中君子，有凌寒傲雪的精神，以此来比喻莘莘学子的寒窗苦读。同时也渲染了书院的优美环境，读书时能与竹、梅作伴，既增加了读书的乐趣，也可以学习竹、梅的高洁与不向困难屈服的气节。全联与书院环境相应，表达了不管是读唐句还是汉书，都要细细品味以得其精髓之意，情景交融，内涵丰富。

清代宋衡题合肥包公祠联："风虎云龙，几多过客；琴心剑胆，一介包公。"这副楹联位于包公祠内的回澜轩大门，上联"风虎云龙"用"云从龙，风从虎，圣人作而万物睹"之意。下联以"琴心剑胆"形容包公刚正不阿又爱民如子的精神。全联意为千秋过客，或有如龙如虎之圣，但像包公这样的人只有一位，用递进对比的手法突出了包公的形象，十分贴切。

儋州东坡书院载酒亭联："一代文忠，赤壁遗篇，皓月经天，光遮北宋；千秋圣德，桄榔留迹，春风化雨，惠泽南荒。"儋州的东坡书院始建于北宋，苏东坡贬居儋州三年，在此留下载酒堂，后来扩建为东坡书院。这一联上联说东坡作为一代文豪，文如皓月为北宋之冠，下联说东坡在海南教化百姓，启蒙蛮荒，功在千秋，上下联对仗工稳，分别从两方面赞颂了苏轼，令人至此愈加景仰先贤。

南京夫子庙古秦淮牌坊联："淮水通幽，灯摇画舫载歌去；桃津临市，月酿新诗舞韵归。"历经了六朝沧桑的秦淮河承载了无数兴亡往事，萦绕着无数商女与文人的歌吹，写秦淮河注定会有无数个视角，而这一联单以月下秦淮的歌舞为切入点，以小见大。上联描写泛舟水上，歌声随着桨声灯影越来越远，仿佛那逝去的六朝繁华，下联描写一轮明月映照着街市上人们欢乐的舞姿酿成了新诗，月下的秦淮、不夜的秦淮，古今风光略同，人们的心境却完全不同。上联句末一个"去"字，下联句末一个"归"字便是对古与今的"同"与"不同"做了最好的注脚，言有尽而意无穷，引人深思。

古秦淮牌坊联：淮水通幽，灯摇画舫载歌去；桃津临市，月酿新诗舞韵归。
（侯艳摄于南京）

海角亭位于合浦县廉州镇西南面，今廉州中学内，始建于北宋，距今将近千年。汉代孟尝任合浦太守，市政廉洁，后人为了纪念他，特建此亭。海角亭以海角为名，是因为此地当年濒临大海，"在南海之角"，迁客到此皆有"海角"之叹。海角亭原址在城西南半里处，经宋、元、明、清几个朝代的重建、修建、移迁，才至今址。苏东坡于元符元年（1098）获赦从儋州到廉州，在海角亭挥毫写下"万里瞻天"匾额。海角亭景区大门有联曰："听潮寻梦眺丝路；怀古瞻天登锦亭。"这一联可以说是对整个景区文化内涵的简明介绍，合浦是古代海上丝绸之路的始发港之一，早在两千多年前就与海外进行商贸往来，现今又是"一带一路"的枢纽要地。此联先说到此即到海角，可以在海潮声中眺望海上丝路，既是追寻古时繁华，也是展望今日"一带一路"前景。下联聚焦于"亭"，引用苏轼所题匾额，说明游人到此虽已与中原相去万里，但登上海角亭便是海阔天空，别有境界。进入景区后，古海角亭就在二进院落，清代廉州府教授陈司权为海角亭题嵌名联刻于楹柱："海角虽偏，山辉川媚；亭名可久,汉孟宋苏。"上联说这里地理位置虽然偏僻,但却山川秀美,"辉"与"媚"可谓传神之笔,下联用到过此地的名人汉之孟尝与宋之苏轼来解说亭之所以能留名后世的原因。全联文字洗练,特点突出,可为佳制。

海角亭景区门联:听潮寻梦眺丝路;怀古瞻天登锦亭。
(侯艳摄于北海合浦)

海角亭联:海角虽偏,山辉川媚;亭名可久,汉孟宋苏。
(侯艳摄于北海合浦)

福州林则徐纪念馆联:"焚毒冲云霄,正气壮山河之色;挥旗抗敌寇,义征夺魑魅之心。"这副楹联热情歌颂了民族英雄林则徐,上联以"焚毒冲云霄"形象地展现了虎门销烟时的场景,下联"挥旗抗敌寇"写林则徐带领福州人民将英国侵略者赶出乌石山,取得胜利。楹联篇幅简短,所以要求创作时概括性强,联中列举的"正气"与"义征"两件事正是指林则徐一生中最光辉的禁毒与抗英事迹,极具典型性。上联以山河之色衬托英雄气概,下联以魑魅之心反衬正义之征。该联运用对比映衬手法,以典型事迹凸现人物精神气度,具有强烈的教育意义。

林则徐纪念馆楹联:焚毒冲云霄,正气壮山河之色;
挥旗抗敌寇,义征夺魑魅之心。
(侯艳摄于福州)

柳州刘三姐歌台楹联:"籁韵未歇,传扬中外;仙姬犹在,唱响古今。"刘三姐是民间传说中的壮族歌仙,她歌如泉涌,优美动人,历来受到广西人民的爱戴,建有多处纪念她的歌台。这一联时代性较强,上联赞美刘三姐歌声如天籁般优美,余韵流响至今,其影响已扩大到了全世界,下联"仙姬"双关,既表达刘三姐精神长在之意,也是赞美当今仍有无数的"刘三姐"在为人民放声歌唱,结尾再以"古今"点明照应此意。

刘三姐歌台楹联：籁韵未歇，传扬中外；仙姬犹在，唱响古今。
（侯艳摄于柳州）

柳州柳侯祠讲堂联："道兮儒兮佛兮，于斯探者；天也地也人也，由此知之。"柳宗元被贬于柳州，终卒于此，因被称为柳柳州，宋高宗加封其为文惠昭灵侯，因称柳侯。柳州人民为纪念柳宗元建柳侯祠，故有"三绝碑"等珍贵文物。祠后有柳宗元衣冠墓，东侧有纪念与柳宗元同称为"唐二贤"的政治家、柳州司户参军事刘蕡的贤良祠，并有柑香亭、罗池、讲堂、山长住房、斋房、回廊、院门等附属建筑。讲堂是讲授经书的所在，这一联运用的是互文手法，上下联分别罗列了儒释道三教与天地人三才，点明教习的内容，"于斯探者"和"由此知之"都是说在讲堂学习就可博通经史，明天地人和之通变的意思。此联虽有夸张，但用在此处却比较恰当，游人至此都是为了瞻仰柳侯遗迹，一是与讲堂这一场所相符，二是包含了人们对柳侯品行学识的仰慕。

柳侯祠讲堂联：道兮儒兮佛兮，于斯探者；天也地也人也，由此知之。
（侯艳摄于柳州）

广东雷州雷祖祠联："霹雳开天南一祖；声名为海北同尊。"雷祖祠始建于唐代，是纪念唐代雷州首任刺史陈文玉的祠堂。唐贞观年间，南合州境内居有黎、瑶、壮、苗等少数民族，唐王朝为了稳定边疆，便启用土著陈文玉出任本州刺史。陈文玉在任职期间，精察吏治，巡访境内，消民疾苦，政教并行，使人民安居乐业，民皆富庶，风俗大变，因而陈文玉被尊为开辟蛮荒的"雷祖"，他的事迹后来又不断地被神化，与当地流传的"雷公"传说合而为一，"雷祖"信仰就成为当地重要的民间信仰。雷祖祠大门的这副楹联就是以此传说为背景而作，上联将陈文玉奉为雷神，述其治理雷州的成就功德；下联即赞颂陈文玉声名遍于全国。这一联内容上有传说有史实，一说天南，一说海北，似一实二，合二为一，饶有趣味。

雷州雷祖祠联：霹雳开南天一祖；声名为海北同尊。
（侯艳摄于雷州）

钦州雷神庙联:"雷霆激雨露;庙宇广规模。"钦州雷神庙俗称老雷庙,位于钦江边上的大石古良屋垌村,始建于元朝,距今有七百余年历史,是钦州最古老的庙堂之一。据当地人世代口耳相传,老雷庙所在地为"飞凤饮水"的宝地,庙堂正对钦江,地势开阔,坐观钦江潮涨潮落,"舳舻千里,旌旗蔽空"。这副门联上联点明所奉雷神之威灵,下联点出庙宇位置优越,规模广大,气势非凡,以衬托雷神的显赫威风,类似手法创作的楹联多出自民间手笔,在各类庙宇中十分常见。与文人创作联相比,这副楹联虽然文学色彩不强,但颇为典型。

钦州雷神庙联:雷霆激雨露;庙宇广规模。
(侯艳摄于钦州)

绍兴戒珠讲寺门联与前揭钦州雷神庙门联在创作手法上比较接近,但也有所不同,其联云:"此处既非灵山,毕竟是什么世界?其中如无活佛,何须用这般庄严!"此联为张大千所作,用了欲扬先抑的手法,上联以反问的形式说这里既然不是灵山,那又是哪里呢?下联以退为进,说明这里庙宇如此庄严正是因为有真佛的缘故,以殿堂的庄严衬托佛的庄严。佛家以佛教偶像形象之端庄威严为庄严,并且对表相事物或心理行为的修饰、加强,及以福德净化身心等,也都称为庄严,各种佛像及建筑都需要以彩画、珍宝等装饰以作庄严。此联正是说这里庙宇庄严,是因为此即灵山,用了先抑后扬,对比衬托的手法。

戒珠讲寺联：此处既非灵山，毕竟是什么世界？
其中如无活佛，何须用这般庄严！
（侯艳摄于绍兴）

湛江湖光岩楞严寺湖光镜月联："湖水苍茫，客到路从花外问；岩山寂历，僧归门向月中敲。"湖光岩是湛江著名风景区，由雷琼世界地质公园博物馆、楞严寺、李纲醉月雕像、美食欢乐园、清风林、火山地质遗迹、高密度负离子区、董公亭、玛珥湖、陈济棠将军墓、白牛仙女雕像等二十个景点组成，是集自然景观与人文景观于一身的旅游区。楞严寺这副楹联出自清代状元林召棠之手笔，不同于一般的寺庙楹联，这副联并没有集中描写寺庙、佛像，更没有堆砌佛教名相以宣扬佛法，而是以环境描写为主，以湖光山色映衬寺庙的庄严，读来回环往复，韵味无穷。此联艺术上特色也很鲜明，对仗十分工稳，"苍茫"与"寂历"双声对叠韵，为联绵词对，"路从花外问"与"门向月中敲"都用了倒装句式，利用"花""月"的意象，突出了"问"与"敲"的动态，又反衬了其景之"苍茫"，其情之"寂历"。

第二节　古建筑楹联及其保护

在建筑内外张挂楹联是我国的传统，建筑楹联作为楹联体裁中的一类，具有集文学、书法、美术、雕刻等多种艺术于一身的特色，既拓展了楹联的艺术表现力，也升华了建筑的审美内蕴，成为建筑构件中的精华之一。我国的建筑楹联中有很大一部分因保留在传统村落中而得以传世，与那些大规模的宗祠宫观、名胜古迹等著名古建筑相比，传统村落的价值在过去并没有得到应有的重视。2012年，传统村落保护和发展专家委员会第一次会议决定将习惯称谓"古村落"改为"传统村落"，以突出其文明价值及传承的意义，指出传统村落是民族的宝贵遗产，也是不可再生的、潜在的旅游资源。将传统村落的生态保护及开发提到了保护民族物质与文化遗产的高度，引起了广泛的重视。随着时间的推移，越来越多的传统村落已经损毁消失或者正在遭受风雨侵蚀，依附于其间的建筑楹联也渐渐散佚，传统村落的生态保护及开发工作是非常紧迫的。

古建筑楹联，文字漫漶不清，无法识别，故略。
（李红摄于合浦公馆镇陂塍村彭氏祖祠）

楹联往往言简意赅，寄托深远，可写于纸、帛或刻于竹、木、石等，适于张贴、悬挂，用作建筑的内外装饰。楹联用于建筑的历史悠久，我国向来有以文载道的传统，建筑楹联是在中国建筑上独特而又直接地展现中国文字、文学魅力的一种形式，是完美融合于建筑中的载道之"文"，历代宫殿寺观、各类住宅园林、各式厅堂斋室，以及风景名胜都有广泛运用，至明清时期尤为兴盛。常见的建筑楹联多是小木作，将联文用木材写刻制作悬挂在建筑上。还有用砖雕石刻的形式镶嵌在建筑上的，也有直接雕刻或油漆在建筑上的，室内张挂的楹联多书写于纸或绢帛。它们以灵活多变的集书法、雕刻为一体的艺术形式，成为建筑室内外装饰的一部分。楹联的应用，不但丰富了建筑的艺术形式，而且通过文字内涵，深化了建筑艺术的意蕴。楹联在建筑中所占比重虽然不大，但一副配置恰当、内容切题、文字优美的楹联却能成为画龙点睛的神来之笔，为建筑增辉。建筑楹联所包含的信息量极大，既可彰显主人志趣，亦能阐发建筑的文化内涵及其独特个性，令访客深思细品、拓展对建筑美的欣赏空间及深度。与其他的建筑装饰构件相比，楹联更能体现建筑的审美内蕴，展示中国哲学与文学的智慧之美，增添建筑的艺术魅力，它早已成为中国建筑的有机组成部分，与中华民族的审美趣味共同发展。

古代建筑楹联的创作水平虽然不尽相同，有些思想内容具有时代局限性，有些缺乏文学性、创新性，但作为文化传承的载体，这些古老的文字无论其思想内容是否过时，艺术手法是否高明，都是文以载道的体现，是民族精神、文化传统的传承。

保留在传统村落中的建筑楹联包含了其物质载体与文字内容两部分，因而相关保护工作也包括了文物保护与文字资料的收集保存两方面。当前在科技发展的前提下，应将数字出版与纸质出版相结合，记录、宣传、研究建筑楹联的文字与影像，借助网络可以最大限度地促进社会各界对楹联文物的重视，并为其物质修复留下珍贵的影像资料做参考。我国历史悠久、地域辽阔，现存传统村落建筑楹联的数量非常多，其收集必将是一项浩大的工程，因而应当做好规划、确定重点、分地域、分批次、多部门协调配合开展调研，为相关资料的保存与刊物出版打好基础。

编辑出版传统村落建筑楹联刊物，既是对古代文化遗产的传承保护，也是旅游产品开发的一个好项目，有可能在经济上实现良性循环。出版行业应扩大这一题材的出版规模，尽力提高编校质量，打造精品，以适应当前大力保护古建筑、提升传统村落文化价值、提高宣传力度、开发旅游产品、加强楹联理论研究等方面的大量需求，为文物保护及民族优秀传统文化的传承与复兴做出相应的贡献。

虽然说楹联是中国传统建筑的有机组成部分，是建筑研究中的一个不可回避的课题，但历来的建筑研究成果中能完整述录联文者已不多见，对其文字内涵与艺术价值的评析则更少。另一方面，研究楹联的著作也很少有将建筑楹联单列一类专门考察、述录的，因而建筑楹联专业刊物的出版成果一直都不多。

针对目前古建筑中的匾额与楹联等文献资料的传承与保护现状，有必要重新整理出版相关书籍以还原古建筑的全貌，并为进一步研究提供可靠的依据。具体的实施策略可以包括以下五个方面：

（1）全面普查，多方收集。

对古建筑中的匾额与楹联的全面普查是一个大工程，我国历史悠久，传统古村镇、古建筑数量极大，随着时间的推移，其中的匾额与楹联实物已有不少散佚，造成难以弥补的损失。各级政府及文物保护单位等相关机构与个人还应提高重视程度，加强宣传，尽早着手收集保护，尽可能地多方组织人力物力，多渠道广泛征集、考察、保护或修复原件、拍照留存备考，做好档案建设与归纳整理工作。

（2）准确释读，避免讹误。

古代匾额、楹联的文献价值是其核心，因而正确识读、释意非常重要，其文字与内容涉及古文字、古代文学、书法等相关学科，对专业知识要求极高，有的还需要不同领域的专家共同参详研究，切忌不求甚解，造成谬误。文字资料的保存、传播与传承都比实物相对容易，正确誊录、释读其内容，尽可能避免讹误，留下翔实的文字资料就是对古代匾额、楹联的有效保护手段之一。

（3）厘清源流，恰当分类。

古代匾额与楹联数量极大、种类繁多，有民间古联、谚语、集句联、摘句联，古代名人或本地族人自撰联等，如不加分辨，可能会将一些俗语古谚误作自撰联，还有些当代新撰联被误录入古联集。在正确释读、厘清源流的基础上，针对不同用途的需要，可采用不同的分类办法，如专门研究某一地区古建筑者，根据其实物内容与保存状况，可以按照匾额、楹联在建筑上的不同位置分类，亦可按其年代或者内容分类。

（4）严谨编辑，加强出版。

整理好的匾额、楹联资料可以尽快安排编辑出版，以促进传播、流传，为进一步研究提供参考。目前相关书籍的出版已取得一定成果，但其缺点也很明显，出版数量与质量都有待提高。如皖南水乡黟县出版有多种相关书籍，有的专门介绍民间古楹联，有的介绍民居、民俗、人物等兼及匾额与楹联，这些书籍大多都配有相关照片，印刷精美清晰，配图照片反映了部分匾额与楹联的原貌，但缺乏对其文字及书画艺术的深入解读与赏析。其中也不乏谬误，如繁简字并用、识读错误、释义不确、未注明原联所在位置等。灵山县人民政府办公室编印的《大芦古村楹联精选》一书是按照楹联张贴的院落及门柱位置编排分类的，这本书是纯文字记录，选取了数百副对联，信息量较大，但缺点是不够直观，没有附实物图片，其中讹误无法遽辨，也不能欣赏古代匾额楹联文物的书法、雕刻艺术。对于未注明原联实物所在位置者可以重新考察标注，最好能配以相应图片。现有古楹联书籍较少涉及文学鉴赏，这方面也是一个尚待深入开发的领域。总之，古建筑匾额、楹联书籍的出版工作还可以在当前成果的基础上再提高、完善，出版更多图文并茂，展现文物原貌，给出准确解释，指导文学、书法、雕刻等艺术鉴赏的高质量图书。

（5）积极修复，促进文旅。

专业修复是保护文物的一项积极措施，那些有条件修复的残损匾额、楹联应当聘请专业人士积极修复，在不造成新损的前提下尽可能地展现其本来风采。对于那些不宜或不能修复者可以集中在有条件的场所保存原文物，制作新匾或新联张挂于古建筑相应位置展出，可以恢复古建筑的本来面貌，增添其文化内涵与艺术魅力，促进旅游开发，亦可为文物保护注入更多的资金，形成良性循环。目前这样双赢的成功范例并不鲜见。五台山是我国著名的佛教圣地和旅游胜地，自古以来，许多的帝王将相、高僧大德、文人墨客在此留下了优秀楹联、匾额。这些楹联、匾额成为传承五台山历史和人文文化的载体，是我国宝贵的民族文化遗产，也是世界文化遗产的重要组成部分。但由于年代久远，以及战火焚毁，佛教圣地古楹联毁坏严重。因而相关部门组织了"翼彩五台山"大型文化活动，面向社会征集楹联，并邀请著名书法家书写，对佛教圣地五台山的楹联匾额进行恢复、规范和补充，在保护和恢复部分优秀古楹联的基础上，为五台山增添一批格调上乘、艺术清新的楹联，旨在扩大"五台山文化"的影响，全面提升五台山的文化形象和品牌形象。"翼彩五台山"大型文化活动就为古建筑撰写制作新匾新联的工作提供了成功经验。

第三节　广西北部湾楹联鉴赏

广西北部湾地区有不少保存较好的传统村落及古建筑群落，是集中展示传统楹联习俗的文化场所，如被广西楹联学会命名为"广西楹联文化第一村"的灵山大芦村至今仍完好地保留了明清时期的数百副楹联，楹联习俗成为其特色文化。"传世楹联是大芦村劳氏传统民居文化的精华。逢年过节或喜庆日子，里面的居民总是用鲜墨新纸，将出自他们祖先之手的联语重书一番，郑重其事地贴在约定俗成的固定位置，数百年薪尽火传沿袭至今。这一民俗现象的难能可贵之处，在于它与中国传统文化有着不可分割的联系。"目前有关广西沿海地区楹联习俗的研究成果还不多，有必要深入考察。

传统民居中悬挂楹联的方式一般可分为五类：一是"门联"，挂于门两侧；二是"柱联"，对称地挂在柱子上（抱柱）；三是"壁联"，对称地挂于墙壁（补壁）；四是"樑联"，刻画于顶樑；五是"屏联"，刻画于屏风，这几类楹联在广西沿海古建筑群落中都有应用，如"广西楹联第一村"灵山大芦村就有三百多副明清两朝沿用数百年的古联，这些楹联遍布于劳氏古宅群，仅在镬耳楼祖屋、三达堂、东园别墅、双庆堂和劳克中公祠，整理出来的就有三百多副，这个数字不包括现代劳氏后人所创作的新联。这些古宅楹联反映了劳氏家族历来重视修身、持家、创业、报国的传统。合浦等地的古民居也有许多这样保存完好、多姿多彩的楹联，数百年来一直焕发着光彩。以下对广西北部湾地区楹联中的主要几类分别考述，以见其楹联习俗之特色。

1. 彰显社会地位与家风的门联

古人常以门第来指代家庭或家族的社会地位，因而特别重视建筑的大门，与之相配的门联一定要言简意赅，庄重典雅，精工写刻，气势不凡。大门门联，特别是祖屋（公祠）门联多透露出家族的源流和家风家训，往往与家族堂号相配合，高悬门楣及两侧，大气醒目，标明身份、彰显家族地位。广西沿海古建筑中这类门联有很多，表明当地各大家族多源自中原，他们以系出名门而自豪，并以楹联习俗来表达他们继承家风、光大门庭的信念，试举几例以窥全豹。

灵山大芦村劳氏祖屋门联："武阳世泽；江左家风。"这副门联简要记述了大芦村劳氏家族的来源及劳氏名人，表现出根系名门的气度及家族自豪感。"武阳"是劳氏郡望之一，上联典指劳氏先世原在山东蓬莱州即墨劳山，因此而得姓氏，后入中原寓居山阴，南北朝时期的刘宋朝迁居武阳郡成武阳世系；"江左"即江东，下联典指劳氏名人劳钺事迹，他是明代进士，江西九江人，历任江浦、临江、山阳三县，政绩很好，深得百姓的拥护，后迁任湖州太守、知府，卒于任上，后被为湖州府城隍神，供奉至今。

钦州市刘永福故居三宣堂大门楹联："枝栖古越；派衍彭城。"这副门联表明了钦州刘氏迁徙发展的源流。"越"同粤，钦州属于"古越"之地，上联典指刘永福家族来此定居，形成刘氏家族在古越这一支；"彭城"即今江苏徐州，下联典指这支刘氏源出彭城。上下联分别讲述源与流，切合三宣堂主人的实际情况，将刘永福家族在此开枝散叶之流与彭城刘氏之源并提，恰到好处地彰显了主人的身份和地位，是一副难以移易的佳联。

三宣堂联：枝栖古越；派衍彭城。
（侯艳摄于钦州三宣堂）

合浦永安村刘氏"天禄第"门联："禄阁家声远；彭城世泽长。"这副门联简述家族来源及名人事迹，是刘氏家族通用联，与前述刘永福故居门联的创作手法略有不同。下联与上文"派衍彭城"同意，典指刘氏先世源出彭城；上联典指汉宣帝时的大学问家，曾在"天禄阁"校书的刘向。相传他勤奋好学，经常苦读到深夜，一天黄昏，一老者看他如此勤奋，吹燃手中藜杖为他照明，于是便有了"禄阁流光"的典故，刘向好学成才的事迹，既是刘氏后人的骄傲，也一直激励着他们步武先人，这种勤奋精神就作为刘氏家风代代传承，演化成"禄阁家声"之典，永昭门庭。

合浦永安村吴氏"昭武第"门联："渤海家声远，延陵世泽长。"这也是一副记述家族源流的楹联，这一联并非特指本支吴氏的近源，是吴氏家族通用联。"渤海"是吴氏郡望之一，包括今之河北的南静、青县、沧州以及山东的乐陵、宁津、无棣以北的地区，上联意指吴氏先世原在渤海郡；"延陵"也是吴氏的郡望，在今江苏武进区，下联典指吴氏亦有延陵一派，不论渤海或是延陵，吴氏世系家声绵绵久远，兴旺发达。

合浦永安村黄氏"千顷第"门联："江夏家声远，颍川世泽长。"这副门联亦属家族通用联，此联取黄氏历史名人典故，以歌颂先人功德为主，兼及家族源流。"江夏"是黄氏郡望之一，今在湖北黄州武昌一带，上联典指江夏大孝子黄香，颂其事迹传颂千秋；下联中的"颍川"在今河南禹州，但非黄氏郡望，此典意在颂扬黄氏先贤，即曾任颍川太守被誉为"治行天下第一"的黄霸。

除家族宗祠外，永安古城还有一座忠孝祠和一座合飨祠，忠孝祠门联："忠矣邑侯，救民昭烈；孝哉贤子，殉父流芳。"热情表彰了忠臣孝子。合飨祠门联："合百族游魂，主无归者；飨四时祭品，鬼不馁而。"这座祠堂将男女无主孤魂、百族无归游魂的灵位合于一殿祭祀，这种形制的祠堂在全国都比较少见，颇有特色，体现了深切的人文关怀。

忠孝祠门联：忠矣邑侯，救民昭烈；孝哉贤子，殉父流芳。
（李红摄于合浦永安）

合飨祠门联：合百族游魂，主无归者；飨四时祭品，鬼不馁而。
（李红摄于合浦永安）

传统村落中的寺庙、道观等门联都极富宗教色彩，如合浦永安古城中的几副佛道宗教联就各具特色。古城的佛教寺庙清泉寺（亦称北堂）大殿门口镌刻着一副杂糅了儒释道三教思想的对联："镇岳首五方，群推东岱；调元归三圣，永护南交。"这副对联上联的意思是东岳泰山神镇守着五岳独尊的泰山，是五岳神之首，下联意为祈愿神灵永远庇护本地，即交州。有意思的是调元指调理阴阳或调理元气，多为道教习用，三圣之说则是道教所没有的，而佛教与儒教都有各自不同的关于三圣的说法，很难确定此处所指。所以这样一副对联出现在佛教寺庙中显得有些另类。永安城隍庙的门联："是非不出聪明鉴；赏罚全由正直心。"这副对联歌颂城隍神公正地执行其司法职能，体现道教内涵。

永安北堂门联：镇岳首五方，群推东岱；调元归三圣，永护南交。
（李红摄于合浦永安）

另外，书院门联一般文学水准较高，如浦北著名的大朗书院大门楹联就鲜明展示了书院特点，其联云："大成声振尼山铎；朗润文方浦水珠。""大成""尼山铎"皆指儒家"至圣先师"孔子，孔子被尊为"天之木铎""大成至圣文宣王先师""万世师表"等，此处"大成"亦指在道德、学问、事功方面取得大成就。振铎本意是摇铃，古代宣布政教法令时，振铎以为警示，后来引申指代为从事教职；"浦水珠"化用"合浦还珠"的典故，浦北古属合浦郡，传说东汉时期合浦郡即以盛产珍珠闻名海外，但因贪官污吏为获利而过度捕捞，造成珠蚌迁移，珍珠产量越来越低，后来孟尝当了合浦太守，他革除弊端，为民兴利，很快那些迁移出去的珠蚌又重回合浦，比喻珍贵的东西失而复得，浦水珠即指极其名贵的珍珠。下联意为文才朗润，美质华彩可比合浦的明珠。全联以鹤顶格嵌入"大朗"书院之名，浦水珠之典切合书院地理位置，尼山铎之典切合书院职能，用典恰当，文意高雅，既表达了继承先师道德，倾力教学的志愿，也寄托了对学子的殷切期望。这副门联辨识度极高，是为大朗书院量身打造的，可谓名实相符，正是门联创作的章法。

2. 展示地方特色、张扬人文情怀的柱联

柱子是建筑结构的构架件，数量众多。柱联有檐柱（外柱）联、屏柱（墙柱）联、川柱（穿柱）联、灯柱联、神柱（神台）联、中柱（金柱）联等。门联代表了整个家庭或家族的门面，为了鲜明易辨，多采用大字短联，而柱联在宅第以内，则可不拘泥于字数，有些高柱可书数十字，创作空间更大。柱联以抒情言志、劝勉子弟的格言联较多，也有不少写景咏物联。广西北部湾有众多柱联，内容比较丰富，其中最有特色的是描写地方风情的抒情言志联，是对本地自然风光及独特民风的展示。

浦北大朗书院的柱联都很有特色，其中除书院大门外檐石柱联外，其余六副柱联皆以鹤顶格嵌入"大朗"两字，加上书院门联共有七副嵌名联，成为书院一绝。

书院大门外檐石柱联："根柢在六经，诗书易礼春秋，须撷古人之精华，莫徒分汉宋门户；宾兴先三物，孝友睦姻任恤，但得多士为倡导，庶蔚成邹鲁乡风。"上联开宗明义，点明书院之根在于弘扬儒家经典，只要是精华都可学习吸取，不拘泥于门户之见；"宾兴先三物"典出《周礼·地官·大司徒》："以乡三物教万民，而宾兴之。"郑玄注："兴，犹举也。民三事教成，乡大夫举其贤者能者，以饮酒之礼宾客之。既则献其书于王矣。""孝友睦姻任恤"语出《周礼·地官·大司徒》："二曰六行：孝、友、睦、姻、任、恤。"郑玄注："任，信于友道。恤，振忧贫者。"又《闾胥》："书其敬敏任恤者。"下联意指教化当以道德为先，若能多得贤达之士以为倡导，必然能令民风淳朴，处处皆如邹鲁。全联紧扣书院，述其职能、明其宗旨、表达见解、描述前景，可谓内容丰富、导向鲜明，展现了书院的人文特色。这副长联镌刻于书院大门外高大的石柱上，正是迎迓往来学者、访客的第一副联，如此佳作自然为书院增色不少。

书院大门内檐石柱联为"大开珊网，宏收宝物千枝，要培成管乐奇才，与我国家出力；朗膜冰壶，澈印道心一片，莫误认陆王宗旨，坠他佛老空谈。"珊网即珊瑚网，指捞取珊瑚的铁网，典出《新唐书·西域传下》，引申指网罗珍品或人才的措施。合浦自古就以盛产珍珠、珊瑚等海洋珍宝而闻名，这里用"珊网"典故，恰好能与合浦之地方特色相配合，可谓相得益彰。"管乐"指管仲、乐毅，二人为古代将相奇才。管仲相齐桓公，春秋称霸；乐毅作燕昭王将，攻齐，克七十城。"陆王"指陆九渊、王守仁，二人是宋明时期唯心主义哲学流派的代表人物，曾被认为是儒学异端。"佛老"指佛教与道家学说，也被看作是儒学异端。上联提出了要广揽天下英才而教，愿将他们培养成像管仲、乐毅一样的将相奇才，为国家强盛效力；下联视心学、佛教、道教等为异端空谈，表明坚守正道的坚定信念。这副柱联开宗明义，嵌字自然，阐述了大朗书院欲倾力尽心为国家培养栋梁之才的宗旨，镌于此处十分恰切，令求学者及访客豁然开朗，一见倾心。

大朗书院大门内檐石柱联：大开珊网，宏收宝物千枝，要培成管乐奇才，与我国家出力；朗膜冰壶，澈印道心一片，莫误认陆王宗旨，队他佛老空谈。（李红摄于浦北大朗书院）

二座屋檐石柱联其一："大者法，小者廉，治国视诸斯，于乡可观王道；朗如珠，润如玉，为学亦若是，何地不出人才。"《礼记·礼运》中有"大臣法，小臣廉"的说法，意思是指大官尽忠，小官尽职，各尽其责。如珠如玉者，言为人高洁，心地澄明。"何地不出人才"意指合浦明珠举世闻名，此地自然是人杰地灵，虽非中原儒乡，亦是人才辈出。这一联论述治国之理及为学之道，并张扬了本土文人学者的自信之情，写作手法上逻辑严谨、章法可观、富有哲理、善于启发，堪称佳作。

大朗书院二座柱联其一：大者法，小者廉，治国视诸斯，于乡可观王道；
朗如珠，润如玉，为学亦若是，何地不出人才。
（李红摄于浦北大朗书院）

二座屋檐石柱联其二："大山乔岳，一览皆卑，海角有魁儒，讵愧追踪邹鲁；朗月清风，何求不足，道心无滞相，好寻乐趣孔颜。""乔岳"即高山。"魁儒"指大学问家。"讵"为难道之意。"道心"在此指道德观念及悟道之心。"滞"为拘泥、固执或呆板之意。"孔颜"分别指孔子及其贤徒颜回。这一联意指大朗书院虽然僻处海角，但只要专心求取大道，就能无愧于儒家教化，有梦想、有志气，就能干出一番大事业。这一联嵌字巧妙，不着痕迹，娓娓道来，甚是励志。

大朗书院二座柱联其二：大山乔岳，一览皆卑，海角有魁儒，讵愧追踪邹鲁；
朗月清风，何求不足，道心无滞相，好寻乐趣孔颜。
（李红摄于浦北大朗书院）

后座屋檐石柱联:"大观首在诗书,精性理,擅词章,当求郑孔注笺,程朱道学;朗诵如闻金石,媲庄骚,追史汉,要使马班伯仲,屈宋衙官。""郑孔注笺"中郑指郑玄,孔指孔颖达。郑玄是东汉末年的经学大师,他"囊括大典,综合百家,遍注群经,将今、古文界限打破,达到了经学的融合与统一";孔颖达是唐初大儒,著《五经正义》,又对郑玄所作经注做了解释。"程朱道学"指宋朝程颐、朱熹的学说,强调修身、伦理,是儒家学派的一支。"庄骚"即《庄子》和《离骚》,皆古典名著。"史汉"即《史记》和《汉书》,是中国古代史学经典。"马班"即司马迁、班固,前者是《史记》的作者,后者是《汉书》的作者。"屈宋"即屈原和宋玉,是战国时期楚国著名的辞赋家。"伯仲"即兄弟,比喻水平不相上下。"衙官"指州镇的属官。上联申明学问当追求正道、精益求精;下联言志,体现了大朗书院师生志存高远、力求比肩先贤的自信与进取精神。这联立意较高,对仗工整,且节奏舒缓,格律精审,读来韵味悠长,富于艺术性。

大朗书院后座石柱联:大观首在诗书,精性理,擅词章,当求郑孔注笺,程朱道学;朗诵如闻金石,媲庄骚,追史汉,要使马班伯仲,屈宋衙官。
(李红摄于浦北大朗书院)

后座木柱联其一:"大敞规模,振我家祖泽宗功,居同里,祀同堂,俎豆春秋绵奕叶;朗悬衡鉴,蕲他日英声茂实,后立言,先立德,王侯将相兆初桄。""俎豆",俎和豆,古代祭祀、宴飨时盛食物用的两种礼器,亦泛指各种礼器,引申为祭祀和崇奉之意。"绵奕叶"犹言世世代代如瓜瓞绵延发展。"鉴",镜子。"桄"通横,原指横木,梯上的横木即可称为桄,因而引申出阶梯之意,"初桄"意为初阶、初始。上联叙同宗之亲,当齐心合力振奋家声,延续德泽;下联指明立德立言就是成就大业的基础,表达了对后世兴旺发达的殷切期望。

大朗书院后座木柱联其一：大敞规模,振我家祖泽宗功,居同里,祀同堂,
俎豆春秋绵奕叶；朗悬衡鉴,蜚他日英声茂实,
后立言,先立德,王侯将相兆初桄。
(李红摄于浦北大朗书院)

后座木柱联其二:"大开广厦,皆先人旧德所遗,若子若孙,登此堂来莫忘高曾规矩；朗照文星,冀后辈儒风勿替,或耕或读,知为学者便是党塾仪型。"文星即文昌星,又称文曲星,传说是主文运的星宿。"党"是古代地方基层组织,五户为邻,五邻为里,二十里为党,二十五党为乡,党塾即是乡学。上联教子孙感念先人创业功德,效法先人德行；下联教后辈无论耕读皆须勤奋,提出培养求知精神才是教学的目的。

大朗书院后座木柱联其二：大开广厦，皆先人旧德所遗，若子若孙，
登此堂来莫忘高曾规矩；朗照文星，冀后辈儒风勿替，
或耕或读，知为学者便是党塾仪型。
（李红摄于浦北大朗书院）

这些楹联可以说是对大朗书院精神宗旨的精辟概括，文字与建筑相映生辉，展现了深厚的文化底蕴。这几联都较好地展示了合浦的地域特征以及北部湾人民尊师重教、继往开来、勇于进取的精神。另外值得一提的是，大朗书院诸联文辞典雅，且基本合律，显然出自文士手笔，嵌字手法更表明了是有针对性的创作。大芦村现存的众多楹联中有相当一部分是取自民间古联或改编自格言俗语，因多为通用联，辗转传诵可能造成讹误，故有不少联句存在对仗不严谨及出律的问题，未能很好地体现出楹联的形式美。

3. 体现楹联教化功能的楹联

灵山大芦村的顶梁联对多是歌颂家族祖先的功德和勋劳的。如镂耳楼太公座顶梁对联其一："祖有德，宗有功，惟烈惟光，永保衣冠联后裔；左为昭，右为穆，以飨以袍，长承俎豆振前徽。"意为祖宗功德显赫长佑后人，永保家族兴旺。其二："神之格思，无远弗届；道则高矣，日监在兹。"这是一副集句联，言道之境界高，无所不在，人人都在其监察之下，将此联作为格言警示家人要时刻端正言行。镂耳楼旁屋神座顶梁对联："祀事孔明，以介景福；仁新惟宝，追配前人。"勉励后人应重视祭祀，继承先人的宝贵德行。

大芦村的屏联有："洗爵执笾，惟循宗庙之礼；燕毛序齿，当思兄弟孔怀。""爵""笾"皆祭祀礼器，祭祀人的身份不同，所执器物亦不同。"燕毛序齿"是说宴饮时当以长幼别座次。这一联意为家人当各安身份，遵循礼法，尊长敬老，可保家族和睦。"好把格言训子弟，须寻生计去饥寒。"这副联教育子孙当勤奋学习，追求事业的成功。"读古人书，留意经天纬地；为后裔法，无忘祖德宗功。"这一联劝勉子弟读书明道，建功立业，泽及后人。

大芦村还有一副劝子弟节俭自立的格言类灯柱联："惜食惜衣，不但惜财兼惜福；求名求利，须知求己胜求人。"

这些应用于不同位置的楹联内容丰富、各有特色，广西北部湾地区的各类梁联、屏联等主要体现了楹联的教化功能，其内容多是歌颂祖先功业，劝勉子弟勤学自立、节俭惜福，以保家业兴旺、亲族和睦。这类楹联充分表现出北部湾人民尊儒崇礼、家族和谐、重视子弟教育、耕读传家的敦厚乡风。

广西北部湾的传统村落与古建筑众多，各类楹联都有留存，处处体现着不同特色的楹联习俗。不同用途的楹联各有其特色，恰到好处地点缀于建筑的相应位置，彰显了人文色彩，强化了审美感受。民间的楹联习俗，如大芦村每年重书重挂其代代相传的楹联，给平淡的生活增添了庄重的仪式感，这既是地域文化的直接体现，也是维系地方及家族亲情与和谐关系的一条文化纽带。民间传世楹联的创作水平虽然不尽相同，有些思想内容具有时代局限性，有些缺乏文学性、创新性，但作为文化传承的载体，这些古老的文字无论其思想内容是否过时，艺术手法是否高明，都是文以载道精神的体现，是民族精神、文化传统的传承。对广西北部湾楹联习俗的调研还有待进一步深入，需要更加全面地收集整理该区域的传世楹联，了解与之相关的民风民俗，将记录与研究相结合，以适应当今传统村落保护与生态开发的需要，提升传统村落的文化价值，为民族优秀文化的传承与复兴做出应有的贡献。

第六章 楹联文化的海外传播

第一节　楹联文化的海外传播概况

楹联是中国优秀传统文化，是一种独特的文学体裁，无论是作为民俗文化还是文学形式，其影响都十分深远，在海外尤其是汉文化圈的传播和应用广泛，如日本、朝鲜、东南亚等。

日本自古以来就与中国交流频繁，中国文化对日本的影响很大，诗歌和楹联在日本流传广泛，深受日本人喜爱。据说仅万福寺就有楹联五十六副，如"放眼楼头，看海水南流，夕阳西下；寄怀天末，咏京华北望，零雨东归。"2020年初，日本援助湖北的一批医疗物资包装上印着"山川异域；风月同天"字样，一时引起了全民热议，让我们深深感受到语言的温暖与力量。这句话出自8世纪日本长屋王的一首偈子，传说长屋王崇敬佛法，曾经制作一千件袈裟布施给中国僧人，这些袈裟的衣缘上绣着他所做的四句偈语："山川异域，风月同天。寄诸佛子，共结来缘。"此偈意为不同的国度虽然山水阻隔，风光有异，但世人同仰天光，风月实一。我做这些袈裟布施给佛弟子，希望一同结下来世胜缘。虽然"山川异域，风月同天"的出处是一首偈，但这一联对仗工稳，在这里单独摘出使用，可以看作是一副优秀的摘句联。

在朝鲜，大同江名胜练光亭石柱上也刻有一副楹联："长城西面溶溶水；大野东头点点山。"

在新加坡，胡文虎、胡文豹兄弟的虎豹别墅有一副数十年前刻的楹联："万水汇归，环海银涛收眼底；金樽共赏，前山翠黛展蛾眉。"

印度尼西亚的三宝垄市三宝庙祀着我国明代航海家郑和。其门联是："滇人明史风来世；井水洞山留去思。"滇人就是指郑和，郑和是云南人。井水洞山指庙内的三宝井和三宝洞。

在菲律宾的马尼拉，有个公墓叫华侨义山，是菲律宾华侨捐建的，占地二十公顷，刻石楹联成百上千，成为当地一大景观。

在越南，有三种文字写的楹联。过去多用汉字和喃字写，现在用拼音文字写的也时有所见。

马来西亚华裔众多，华人所建的各类会馆、宗祠、店铺等都有楹联，富于中国文化特色，一些华侨民居也有贴春联的传统。比如广肇会馆楹联："栋宇凝佳气；梯航壮远图。"这是古时广东地区的广州府和肇庆府华人的会馆，亚洲不少国家都有这样的广肇会馆。此联声律和谐，对仗工稳，言简意赅,庄重大气,表达了桑梓情思,特别切合海外会馆的场景。叶氏宗祠联颇有古韵:"古濑分支远;南阳衍派长。"这副对联与传统的祠堂联手法相类,阐明姓氏源流,表达了虽身在海外却不忘祖德宗功之意。

马来西亚叶氏宗祠楹联:古濑分支远;南阳衍派长。
(安妮摄于马来西亚)

马来西亚朵云轩楹联:门通九陌,艺振千秋,朵颐古今至味;
笔有三长,天成四美,云集中外华章。
(安妮摄于马来西亚)

泰国华人也常在一些中国风格的建筑上使用楹联，比如佛统府的佛树娘古庙就悬挂了两副楹联。

泰国佛树娘古庙楹联：庙貌美景地灵人杰集结庆；古色古香古迹万年传后人。
（党雪妮摄于泰国佛统府）

在美洲、大洋洲等地，也可以见到楹联的踪迹。美国旧金山附近有个天使岛，曾是美国移民局"审查"华人的地方。20世纪70年代初，一些华侨重回此地立碑纪念，其碑文就是一副楹联："别井离乡，飘流羁木屋；开天辟地，创业在金山。"木屋就指当年华人被告关押的地方。

澳大利亚悉尼唐人街人有一副楹联，歌颂当时我国与澳大利亚的良好关系和我国人民的传统风尚："澳陆风光，物阜民康，邦交友善；中原气象，德门义路，揖让仁风。"

这些出现在国外的对联，作者多是居住于当地的华侨或华裔。中国清朝政府原驻日使馆的一副楹联，其作者就是当时的驻日参赞、诗人黄遵宪。新加坡虎豹别墅有一副楹联，作者就是我国当时埋名于新加坡的著名文学家郁达夫。楹联表现了他们虽身处异国他乡，仍念念不忘中华故土之情和爱国之情。早年有不少中国人背井离乡，远赴海外，使祖国的楹联文化在其留居地得到传播，这也是侨胞们不忘祖国、保持民俗、热爱中华文化的一种表现。由于他们世代保留了书写楹联、悬挂楹联的习俗，在海外，凡是有华人居住的地方一般就有楹联。反过来说，凡是有楹联的地方就可以找到华人。于是，楹联在无形中成为中华民族的一张文化名片。

第二节　海外楹联景观的研究与应用

一、海外楹联景观研究的意义

语言景观是社会语言学中一个新兴的研究领域，着重考察公共空间中各类语言标牌的象征意义。语言景观指现实环境中用以陈列展示语言文字的物质载体称作语言标牌，如路牌、街牌、广告牌、警示牌、店铺招牌等。实际上，其他非典型形式的标牌，如位置具可移动性、内容具常变性的展示牌也可看作语言标牌，又如海报、横幅、标语、告示牌、电子显示屏等，也都是语言景观研究的对象。另外，有些学者主张语言景观研究对象的范围可以更广泛些，不必限于传统意义上的标牌。应是"不断变化的公共空间中出现或陈列的文字"，是书写语言的公共使用情况。当前语言景观的研究对象已不限于一般意义上的语言标牌，而是出现在任何现实环境中的所有语言实例，如文化衫、游行标语、车身广告、产品包装、印刷品、墙壁上的涂鸦等。海外各类建筑物内外长期悬挂的楹联，节日或某些特定活动期间公共场所、民居等张贴的楹联，街头书写展示或售卖的春联等都是海外的中文语言景观。楹联景观形式多样、内涵丰富、雅俗共赏、识别度高，可谓海外中文景观的代表。

海外楹联景观的研究与开发利用有着重要的现实意义，可以促进海外楹联的创作与应用，推动楹联景观应用的规范化，提升中文在海外的认知度，推动中外文化交流互鉴，创新人文交流方式，丰富文化交流内容，保护传承文化遗产，丰富国际交往的人文内涵与文化底蕴。一方面通过对海外楹联景观的研究，可以分析楹联及楹联文化的海外传播意义及教学策略，探索楹联文化传承传播的规律，对促进汉语作为第二语言的教学及中国文化的海外传播有着较强的实践意义和实用价值。另一方面，海外的中文语言景观就是中外民心相通、人文交流的直观体现，中国楹联是这类语言景观中内涵丰富又别具特色的一项内容，是海外华人乡愁的寄托和外国人了解中国传统文化的窗口。随着世界各地孔子学院的开办以及日益繁忙的贸易往来，中国语言文化的国际影响越来越大，在新时代人类命运共同体理念下，有必要针对各国不同的国情，通过对海外楹联景观进行社会语言学与比较文学方面的分析评鉴，揭示其在内容与形式上同中国传统楹联的异同，探讨其在不同国家的发展趋势，探索在楹联中融入各国本土文化特色的途径。对海外中文语言景观的建设与开发利用提出可操作性强的建议，将当代楹联文化发展与中国语言文化的海外传播结合起来，加强中外互联互通、文明互鉴。

二、海外楹联景观的开发利用

海外有丰富的楹联景观文化资源，包括与之相关的楹联习俗、中国楹联的海外传播史及其当代影响等都是极具价值的研究课题，尤其是对这些景观的开发利用值得深入思考并积极实践。从语言景观视角探析中国楹联文化对海外的影响，拓展中外人文交流的渠道，聚焦当代楹联文化的海外传播实践，促进海外中文语言景观资源的开发利用。结合当今弘扬传统文化、树立文化自信的指导思想，在文献整理的基础上，提出海外的楹联景观的开发利用策略，可以拓展楹联研究的领域。

首先要进行全面调查，了解现状。因海外楹联景观资源虽然丰富，但分布极不均衡，散见于各个国家的古建筑、唐人街、华人社区等处，必须经过实地调查并充分利用网络资源，对其进行较为全面的收集整理，才能大致了解其全貌。首先要以海外语言景观中的楹联为文献基础，在科学分期的基础上，评述各国楹联在不同时期的文体特征、文学特征，分析其与中国本土楹联的传承关系及发展变迁，梳理中国楹联的海外传播史。同时注意归纳楹联传播的途径及其接受过程，结合各国国情，以文学比较的方法，论证中国楹联的海外影响。

其次要对不规范的楹联提出整改意见。海外楹联在创作与使用方面都存在很多不规范现象，创作方面的问题主要有对仗不严谨、格律不规范、古今音混用、内容过时、语法错用、字词或典故错用、出现不规则重字等需要避忌的情形。比如泰国佛树娘古庙的门联"佛恩显赫，地灵人杰保平安；树德昭耀，物丰民众颂娘恩。"这一联上下联末字都用了平声字，犯了楹联大忌，上联末字应改为仄声才符合楹联格律。在使用方面的问题主要有张挂不规范、用途不明确、针对性不强、与周围环境不协调等。如前揭泰国佛树娘古庙楹联用繁体字书写，应遵循上联在右、下联在左的张挂格式，而其楹联却是上联挂于左侧，下联挂于右侧，不符合张挂规范，需进行调整。对于这些问题，要在调研的基础上有针对性地提出可行的整改意见。楹联作为语言景观需要遵守楹联格律，格调高雅，内容切合国情，具有地方特色、时代特色，在选材、配色、字体等方面与周边景观相谐调，做到内容上言之有物，形式上美观得体，既体现中国文化传统，又符合国际大众审美，多渠道促进中外文化交流。

还要对适宜张挂楹联的地方进行规划设计，打造新景观。在中国，楹联的应用非常广泛，除了春节期间家家户户都张挂春联以外，各地的风景名胜、传统村落、单位商铺，几乎大街小巷都有楹联景观，而海外语言景观中的中文语言景观所占比重极小，楹联也只是这些中文语言景观中的一部分。如果说华人聚集的地方只要有大门或楹柱都挂有楹联的话，那么海外楹联的使用量应该是很大的，所以说现在海外的楹联景观规划设计潜力极大。创作出既符合楹联格律、又适应各国国情与审美的优秀楹联，是设计中外百姓喜闻乐见的富有时代意义的楹联景观的基础，如果在适宜张挂楹联的地方都挂上一副内容切合场景、书写美观典雅、制作精美、色彩协调的楹联必然会为环境增加人文色彩，提升景观魅力。也必然能通过这些丰富的语言景观促进世界人民对中国文化的了解，促进中外文化交流。

第三节　楹联在国际中文教学中的作用

一、促进语音学习

楹联有固定的格律，在形式上非常重视声律方面的平仄相谐。平仄是汉语中对声调的分类形式，在现代汉语中，第一声和第二声为平声，第三声和第四声为仄声。平仄相谐的基本规则是指对联的每个分句都要按行文节奏安排平声字与仄声字；上下联语句对应节奏点的位置要求相同位置上联用平声字的话下联应用仄声字，反之亦然；单边包含两个分句及以上的多句联，各分句句脚要按顺序形成平声字与仄声字交替的格式，一般情况下其声调按两平两仄的形式递换，即所谓的"马蹄格"；上联应收于仄声，下联应收于平声。

因汉语声调的丰富及其随语调发生变化的特性等给第二语言学习者

带来了很大的挑战，母语非汉语的学习者也往往因其母语负迁移的影响而缺乏声调意识并存在声调感知困难的情况，声调在国际中文教学的语音教学中一直以来都既是重点也是难点。

对于母语非汉语的学习者来说，首先要培养他们的声调意识，才能让他们在学习语音的过程中有意识地重视声调辨析，提高其声调感知与模仿的能力。王安红"针对留学生学习汉语中出现的'洋腔洋调'现象，归纳出两类带有普遍性的声调错误：阳平和上声的混淆，以及阴平和去声的混淆"。这两类最主要的声调混淆与偏误恰好都是平声与仄声的混淆，也就是说母语非汉语的学习者一般能够区别平声中的第一声与第二声，以及仄声中的第三声与第四声，而最难区别、常常发生混淆的是平声中的第二声与仄声中的第三声，以及平声中的第一声与仄声中的第四声。如果能有意识地区分平声与仄声，就能很大程度上减少第二语言学习者的声调混淆、纠正其声调偏误。楹联的声律规则就特别强调平仄的谐调，在相应的位置必须要能够正确运用平声字和仄声字才能创作出符合联律的作品，楹联的教学也要从平仄的区分入手，才能进一步学习对仗等格律。因而将楹联教学引入到国际中文教学的课堂中，首先可以通过强调楹联对平仄的严格要求，树立学生的声调意识，也能在讲解楹联平仄运用方法的过程中，让学生刻意去辨析平声与仄声，达到区别第二声与第三声以及第一声与第四声的目的，提高其声调学习的准确度。

从具体的教学法来看，以往国际中文教学声调教学中多采用直观法、夸张法、对比法等，楹联教学中涉及声调教学时除了可以使用这些方法以外，还可以采取背诵对韵这一配合教学内容的特殊练习方法。以蒙学的重要读本《笠翁对韵》为例，这部书将常用汉字按照韵部排列，编成对仗的韵文，郎朗上口，从单字对到多字对，难度慢慢提升，这种编排体现了字在词中、词在句中的特点，如"一东"韵部："天对地；雨对风；大陆对长空；山花对海树；赤日对苍穹；雷隐隐，雾蒙蒙；日下对天中；风高秋月白，雨霁晚霞红；牛女二星河左右，参商两曜斗西东；十月塞边，飒飒寒霜惊戍旅；三冬江上，漫漫朔雪冷渔翁。"对韵中两个成对的字、词或句子，在声调上都是平仄相对的，同一句中一般是平仄两两交替，节奏感很强，学生通过记忆与归纳，就很容易分清平声与仄声。并且这样由字到句的金字塔式的拓展，不仅适应了由易到难的学习规律，而且可以让学习者体会到语流对声调的影响，学生在反复的诵读练习中就可以轻松地分清平仄、记准字音、体会汉字的音韵之美。

另外，利用汉字语音的特点，可以创作出许多趣联巧对，如谐音联、同韵联、同字异音联等。谐音联要求联中用一些谐音字来表情达意，往往语义双关，耐人寻味，充满趣味性，如："两碟豆；一瓯油。"谐音"两蝶斗；一鸥游"。"因荷而得藕；有杏不须梅。"谐音"因何而得偶；有幸不须媒"。这两联都用了双关的手法，原字与谐音字都有实际意义，皆可成联，浑然天成，将汉语的同音字用得恰到好处。同韵联是指用同一韵部的字来作联，读来押韵上口，节奏鲜明，悦耳动听，如："洛阳桥，桥上荞，风吹荞动桥不动；鹦鹉洲，洲下舟，水使舟流洲不流。""白云峰，峰上枫，风吹枫动峰不动；青丝路，路边鹭，露打鹭飞路未飞。"还有同字异音联指以多音字的不同含义来组织联语，在不同语境下同一个字读不同的音，如山海关孟姜女庙联"海水朝（cháo），朝（zhāo）朝（zhāo）朝（cháo），朝（zhāo）朝（cháo）朝（zhāo）落；浮云长（zhǎng），长（cháng）长（cháng）长（zhǎng），长（cháng）长（zhǎng）长（cháng）消。"这一联利用了朝字与长字多音多义的特点，巧妙组合，创造出动人的意境与优美的文学作品。这类楹联很考验对语音的熟悉程度，学习相关楹联可以提高学生对汉语语音的敏感度，提高他们对同音字、同韵字的认识，是一项有趣又实用的练习。

二、拓展知识、辨析词汇

楹联形式多样、内容丰富，天文、地理、花鸟、人物、典故、新闻、哲理、格言、实词、虚词皆可入对，楹联教学与词汇教学可以相辅相成，促进学生在学习词汇的同时扩大知识面、提高人文素养和写作水平。有些著名的长联，本身就包含了诸多历史文化知识，讲授一副楹联就可以跟进多方面的知识拓展，如著名的岳阳楼长联："一楼何奇？杜少陵五言绝唱，范希文两字关情，滕子京百废俱兴，吕纯阳三过必醉。诗耶？儒耶？吏耶？仙耶？前不见古人，使我怆然涕下；诸君试看，洞庭湖南极潇湘，扬子江北通巫峡，巴陵山西来爽气，岳州城东道岩疆。潴者，流者，峙者，镇者，此中有真意，问谁领会得来？"这一副对联之中就涉及了多方面的知识，有中国古典文学名篇如杜甫的《登岳阳楼》、范仲淹的《岳阳楼记》、陈子昂的《登幽州台歌》、陶渊明的《饮酒》，有名人与神仙的传说故事，有洞庭湖、扬子江、巴陵山、岳州城这些名胜奇观，还可以讲授"潴""流""峙""镇"这些名词的辨析，还可以赏析"一楼何奇"的险峻起笔与"问谁领会得来"的余味无穷，堪称汉语教学的绝佳素材。

联律中的词性相当是指上下联在句法结构上相对应处于相同位置的词,词类属性应当相同或符合传统的能够互对的类型,因而学会辨析词性与掌握语音平仄一样是楹联的基本要求之一。通过学习楹联时对词性的分析与应用,可以让学生准确掌握词性,强化词汇知识,并了解哪些词类可以成对,哪些属于词类活用,什么情况下可以活用等。

一般撰联时要遵循同类词相对的原则,要求上下联同一位置的词大体上要做到以名词对名词、以动词对动词、以副词对副词等,有时出于修辞与突出文学韵味的需要,甚至还要进一步细分词性小类,要求做到小类相对,比如颜色词、数词、动植物、专有名词等。有些特殊情况允许不同词性相对,其范围大致包括:

(1)形容词和动词(尤其是不及物动词),例如西湖飞来峰冷泉联:"泉自几时冷起?峰从何处飞来?"这一联中以动词"飞"与形容词"冷"相对。从动词与形容词的语法功能来看,二者虽有不同,但在一般可以充当谓语以及大多能用副词"不""很"修饰这些方面是有相通之处的。再者,汉语中的兼词现象比较普遍,有些形容词本身可以兼作动词,因而在具体运用中往往可以互通。

(2)在以名词为中心的偏正词组中充当修饰成分的词,如:"每思前辈寻常语;愿读人间未见书。"这一联中"寻常"与"未见"单从词性来看其结构并不相同,"寻常"是形容词,"未见"是副词与动词组合的偏正词组,但二者分别充当名词"语"和"书"的修饰成分,"寻常语"和"未见书"都可以看作是偏正名词词组,因而可以成对。

(3)按句法结构充当状语的词,如大庐村三达堂联:"松桧拂云雯,明德维馨,俎豆长随沧海远;兰芽纷玉砌,遗编遽守,羹墙世捧丝纶新。"这一联上联中的"长随"是形容词"长"作状语修饰动词"随",下联中的"世捧"是名词"世"作状语修饰动词"捧",虽然形容词"长"与名词"世"词性不同,但二者皆在句中作状语,所以从句法结构上来看是可以成对的。

(4)同义连用字、反义连用字、方位与数目、数目与颜色、同义与反义、同义与联绵、反义与联绵、副词与连词介词、连词介词与助词、联绵字互对等常见对仗形式,如:"凤冠珠闪烁;螭带玉玲珑。"这一联以联绵词"玲珑"与同义动词"闪烁"相对。"新开一茅店,坐北朝南卖东西;望来好骨牌,天九地八幺二四。"这一联分别用数目词"九""八""二""四"与方位词"北""南""东""西"相对。

(5)某些有内在逻辑关系的并列名词可以成对,如自然数列、天干地支系列、五行、十二属相，以及一些合乎逻辑的临时结构系列等。例如："东启明，西长庚，南箕北斗，朕乃摘星手；春牡丹，夏芍药，秋菊冬梅，臣是探花郎。"这一联中就是以"东西南北"之方位系列分别对"春夏秋冬"之自然时序，这种对法还可以起到沟通上下联的作用，这一联从表面上看上下联内容关系不大，但是通过以成系列的词来体现这类词本身意蕴相关的内在逻辑将上下联密切绾合，还增添了不少趣味。

这些联律规则看似烦琐，但在实际应用中熟能生巧，学生在学习楹联的过程中就自然会理解词性、兼词、活用等概念，并且对联绵词以及词的内在逻辑等加以注意和了解，对汉语的词汇教学与学习起到很好的补充与强化作用。

三、帮助学生掌握语法、提高写作水平

一副好的楹联要符合"对联六相"的要求，其中结构相称、节奏相应、语意相关这几项和语法、章法相关。"'结构相称'是指上下联词语的构成、词义的配合、词序的排列、虚词的使用以及修辞的运用，要合乎规律或习惯，彼此对应平衡。'节奏相应'是指上下联的语流节奏一致，节奏的确定，可以按声律节奏的'二字而节'，节奏点在语句用字的偶数位次出现单字占一节的情况，也可以按语意来划分节奏，即与声律节奏有同有异，出现不宜拆分的三字或更长的词语，其节奏点均在最后一字。""语意相关"指一副对联的上下联之间应该内容相关、意义相联，互相照应。试以侯艳拟题剑门关姜维祠联为例解释这几种格律要求，"关山永护英雄冢，剑倚苍穹，为君邀林下清风、楼头明月；忠烈长歆俎豆香，神驰古道，容我醉白云生处、红叶盛时"。从结构与节奏来看，此联上下联各分句以及各分句间的节奏关系分别一一对应，均衡一致。上下联的第一分句都采用七言句常用的二二二一节奏，第二分句为四言句常用的二二节奏，第三分句与第四分句中间虽有顿号隔开，但语意连贯，可以连在一起看作是一个十一言的长句，其中上联第三分句中的"邀"与下联第三分句中的"醉"同为领字，分别领起了"林下清风、楼头明月"与"白云生处、红叶盛时"，三四分句的节奏当为二一二二、二二，第三分句的节奏明显不同于第一分句，因而该联单边的四个分句虽然是七四七四结构，但其内部节奏却富于变化，避免了行文的呆板。从语意相关来看，该联上联以赞颂英雄起笔，主要描写了姜维祠所处的地点与景色，下联以第一人称抒发忠烈生前成就伟业而流芳后世的荣耀与潇洒，"俎豆香"

照应上联"冢",点明姜维祠之题,"古道""白云""红叶"写景,照应上联的"关山""林下""楼头"等,全联主题鲜明,上下联围绕主旨而各有侧重,体现了篇章上的精心安排。通过对楹联的结构章法分析教学,可以强化语法知识,介绍谋篇布局的章法,提高学生的写作水平。

四、练习汉字、锻炼发散思维能力

机巧联是楹联中的特殊门类,古代文人常将创作机巧联作为炫技争胜的文字游戏。前文已述及语音类的机巧联,此不赘述,仅举例论述与汉字结构相关的机巧联。了解和学习这类楹联,可以提高学生学习汉语的兴趣以及分析汉字的能力,加深对汉字之美的体会。比如"玻璃对"全以结构左右对称的汉字组成,联中所用的字就字形而言,左右要基本对称一致,展现了字形态上的对称美。这类楹联往往选词考究、内容典雅,作为书法作品张挂出来更是赏心悦目,如:"合奏同心曲;喜赏并蒂英。""金简玉册自上古;青山白云同素心。"还有"拆字联"是将一个汉字拆分成两个或几个字,再用这些字组织成对联,如:"鸿是江边鸟;蚕为天下虫。""品泉茶,三口白水;竺仙庵,二个山人。"还有"同旁对"全以偏旁部首相同的汉字组成,如:"宠宰宿寒家,穷窗寂寞;客官寓宫宦,富室宽容。"这一联全由宝盖头的字组成,意思也比较通顺,实为难得。再如:"烟锁池塘柳;炮镇海城楼。"这是一副著名的"五行同旁联",其上下联的五个字偏旁都分别是"火""金""水""土""木",这个上联"烟锁池塘柳"因其工巧难对曾被称为"绝对"。这样的楹联把汉字的特点展现得极其巧妙,同时也体现了中国传统文化中的五行相生相克的思想,在汉字教学中注入文化内容,可以拓展学生的知识面。

学习这类结合汉字结构特点来创作的机巧联可以强化学生对汉字结构的分析与理解,加强其对合体字的记忆,锻炼其发散思维能力。机巧联创作虽有一定的难度,但趣味性也很强,能提高汉字书写、语音规范、词汇量等多方面的水平。学习机巧联对于有一定的汉语基础的学生来说很有挑战性,在学的过程中会认识和区分更多的同旁字、谐音字、多音多义字等。机巧联的学习在教学实践中可以以游戏的形式来完成,这种寓教于乐的教学方法一向很受学生的欢迎,往往能起到良好的教学效果。

五、楹联在中国传统文化与才艺教学中的应用

随着我国综合国力的增强，中华传统文化在世界范围内的认知度越来越高，世界各国人民学习汉语和中国文化的热情也不断高涨，中国传统文化及书法艺术等才艺也以其独特的魅力深深地吸引着海外的汉语学习者。

楹联具有民俗、书法、文字游戏等文化特征，从民俗文化来看，受汉字影响的国家大多也有楹联习俗，如韩国、朝鲜、越南、泰国、新加坡等亚洲国家都贴春联。在中国，楹联广泛应用于节庆，不仅春节时家家户户都要张贴春联，祝寿送别、婚丧嫁娶等场合也会用到楹联。同时楹联还是中国传统建筑的特色之一，可以用在大门、楹柱、屏风、顶梁、灯柱、墙壁等各个地方，既可彰显主人志趣，又可阐发建筑的文化内涵及其独特个性。风景名胜也离不开楹联，一副配置恰当的楹联，可以引导游客了解景区的历史文化底蕴，激发游客的观赏热情，增广见闻，获得文化审美享受。

楹联还是中华才艺教学的好题材，国际中文教学都比较重视书法等才艺介绍，如能将技艺练习与语言教学结合起来，可以相辅相成，既促进了学生的汉语学习，提高学生了解中华文化的兴趣，也培养了学生的多方面才艺。在具体的教学方法上，可以安排来华留学生参观古建筑，收集研究其中的楹联作品，对于海外教学可以开展形式多样的第二课堂活动和中国文化体验活动。

六、提高楹联教学水平的策略

1. 重视楹联文体，提高教师修养

楹联发展至今已经历了一千多年的历史，在社会生活中被普遍应用，一直以来都为人们所喜闻乐见，但其文体地位与诗词相比却非常低，有时仅被认为是一种文字游戏或民间习俗，当作雕虫小技来看待，从而忽略了其文体价值。其实楹联与古典诗词有所不同，自是一种独立的文学体裁，它不仅仅具有鲜明的文学特征，而且是一种视觉符号形式。并且楹联在汉语作为第二语言教学中的意义前已论及，作为国际中文教师更应当认识到楹联文体的独特，重视楹联文体地位的提升。

"在古典诗文与楹联创作并不普及的现实环境下，高校文科教师中能够熟练掌握楹联理论与创作技巧的也很少，自然难于在短时间内备好课、

讲好课。"楹联在国际中文教学中应用较少与教师本身对楹联文化了解不多、不能熟练掌握与运用其基本格律有关。现在海外的汉语教师以国家汉语国际推广领导小组办公室（简称国家汉办）的公派教师和志愿者为主，在选拔考试中往往侧重于考查教师的语言学知识、教学经验、才艺水平以及课堂组织和管理能力，中国传统文化与古代文学有所涉及但比重并不大，楹联知识基本不在考查范围之内。因此可以通过增加古典文学尤其是古诗词与楹联的考查内容来促进国际中文教师对相关知识的重视与学习，拓宽知识面，丰富教学内容，提高教学水平。

2. 完善教学理论，改革教学方法

目前学界对古代汉语、古典诗词在国际中文教学中的理论研究并不多，对于楹联教学的研究成果则更少，因此有必要在教学实践中不断探索新的方法，挖掘楹联与汉语语言与文化教学的联系，不断完善教学理论。

在教学实践中，应在语言教学的基础上，以楹联的多重文化特征为切入点，分别将其与语法、词汇、语音、汉字以及文化等基本教学内容相匹配。首先，对有一定汉语语音及词汇基础的第二语言学习者可以将蒙学基础对韵作为教材，指导学生背诵，以拓展词汇量并强化对语音的辨识能力。其次，在中小学教学中可以推广"联律操"活动，让学生在运动中加强对联律规则的学习和记忆。汉语水平较好的学生可以通过"对对子"游戏这种寓教于乐的方式，帮助他们克服向更高水平进阶时的畏难心理。再次，可以"写春联"的形式训练书法才艺，将技能操作与楹联知识讲解相结合。最后，可以设计一些相关的课外活动，比如体验春节文化，讲解春联习俗，指导学生写春联，通过楹联文化习俗拉近学习者心理上与汉语的距离，增加对汉语文化的亲切感和学习汉语的自信。

3. 编写适用教材，推广实践应用

一部适用的教材是课堂教学的基础，但目前还没有适用于国际中文教学有关楹联文化的专门教材，因而编写能为教学实践提供具体指导的教材，对楹联教学有重要意义。此类教材的编写应当以适用于课堂教学为目的，内容包括楹联基本知识和楹联文化内涵等，其重点应放在通过对楹联格律的解读，提高学生的语言辨析能力以及写作能力。

我国有着丰富的传统楹联素材可供选择，教材中应多举例论述，避免单纯的枯燥的理论讲解，可以通过分析例子，关联语音、词汇、语法教学，达到语言与文化并举的教学效果。汉语国际教育教学十分注重练习与实操，在教材编写上应充分体现这一点，楹联课的练习设计可以借鉴古代蒙学中的"对课"。对课是我国传统语文教学的一种重要手段，旧时私塾必开的课程之一，蔡元培在《我在教育界的经验》中说："对课与现在的造句法相近。大约由一字到四字，先生出上联，学生想出下联来。不但名词要对名词，静词要对静词，动词要对动词；而且每一种词里面，又要取其品性相近的。例如先生出一山字，是名词，就要用海字或水字来对他，因为都是地理的名词。"这种练习对于帮助初入门的学生区分平仄、学习词汇、锻炼反应能力都十分有效。楹联教材中可以多出一些对课练习，字数由少到多，内容由易到难，形式可以采用限时对句、对句比赛、机巧联解读讨论等，既体现了楹联文体的独特性，也符合精讲多练的原则。再者，对于不同学习阶段的学生应当编写与其学习程度相适应的教材，有针对性地选取相应难度的楹联来深入讲解并设计不同难度与形式的练习。

参考文献

[1] 林随喜．漫话对联[M]．西安：陕西人民出版社，1982．

[2] 余德泉．对联纵横谈[M]．上海：上海古籍出版社，1985．

[3] 梁章钜辑，王承略，布吉帅点校．楹联丛话 楹联续话[M]．北京：中华书局，1987．

[4] 程裕祯，解波．中国名胜楹联[M]．北京：中国旅游出版社，1987．

[5] 高宝庆．楹联与书法艺术[M]．北京：中国文联出版社，2006．

[6] 谷向阳，季羡林．中国楹联学概论[M]．北京：中国人民解放军出版社，2007．

[7] 叶桂郴．明代汉语量词研究[M]．长沙：岳麓书社，2008．

[8] 李俊和．勖修堂实用楹联大观[M]．香港：诗联文化出版社，2009．

[9] 车万育撰，金新，朱伯荣主编．声律启蒙[M]．北京：中华书局，2019．

[10] 沈建华．中国当代金奖对联赏析与创作[M]．南京：南京出版社，2014．

[11] 范宏贵，刘志强．越南语言文化探究[M]．北京：民族出版社，2008．

[12] 李渔．笠翁对韵[M]．北京：中国文史出版社，2015．

[13] 吴恭亨撰，刘冬梅校点．对联话[M]．上海：上海科学技术文献出版社，2016．

[14] 宋彩霞，孙英．楹联文化概论[M]．北京：高等教育出版社，2016．

[15] 余德泉．中华对联通论[M]．天津：天津教育出版社，2018．

[16] 李红．广西沿海古民居[M]．广州：世界图书出版广东有限公司，2018．

[17] 宋少强．四海联话[M]．香港：香港文艺出版社，2019．

[18] 樊明芳．中国长联初探[J]．唐都学刊，1992（03）．

[19] 谷向阳．中国对联学研究[J]．北京大学学报（哲学社会科学版），1998（04）．

[20] 岳民立，文振西，马长泰．关于新型楹联文化理论的思考与实践[J]．对联（民间对联故事），2009（01）．

[21] 余德泉．论对联当产生于唐代[J]．云梦学刊，1992（07）．

[22] 向家炳，杨葆荣．中国对联在国外[J]．对联·民间对联故事，2000（06）．

[23] 余德泉．马蹄韵——对联的声律系统[J]．中南工业大学学报（社会

科学版），2002（09）.

[24] 张建波. 中国楹联文化的分类解读[J]. 管子学刊，2011（01）.

[25] 张洪兴. 楹联文体之辨[J]. 中国海洋大学学报（社会科学版），2011（04）.

[26] 游红霞. 楹联的文化景观叙事与旅游开发探讨[J]. 重庆文理学院学报（社会科学版），2017（02）.

[27] 刘永赋. 邦尊佛国 莲耀湄江——泰国曼谷唐人街对联欣赏[J]. 对联，2018（05）.

[28] 高扬. 法国女郎眼中的对联[J]. 对联，2018（10）.

[29] 吴剑锋，章近勇. 国内语言景观研究现状、热点及趋势——基于数据量表和知识图谱的分析[J]. 宁波大学学报（人文科学版），2019（06）.

[30] 张艳翠. 语言景观的文化功能及对汉语文化传播的启示[J]. 文学教育，2019（08）.

[31] 张小华. 中国楹联史[D]. 南京：南京师范大学，2012.

[32] 黄文华. 关中地区明清建筑楹联研究[D]. 西安：西安建筑科技大学，2013.

[33] 李盛仙. 征联：中国广告一绝[J]. 秘书之友，1994（03）.

[34] 白化文. 评联窥豹[J]. 中国典籍与文化，1996（03）.

[35] 高峰毅，焦瑾琦：翼彩五台山大型文化活动全国征联评审结束——山西五台山新世纪楹联传世佳作面世[J]. 五台山研究，2010（12）.

[36] 侯艳. 高校楹联文化教育初探[J]. 钦州学院学报，2013（03）.

[37] 侯艳. 社会征联对当代楹联文化普及的影响研究[J]. 钦州学院学报，2015（03）.

[38] 王安红. 汉语声调特征教学与探讨[J]. 语言教学与研究，2006（03）.

[39] 侯艳. 楹联在汉语作为第二语言教学中的应用研究[J]. 钦州学院学报，2018（11）.

[40] 侯艳. 传统村落建筑楹联刊物的编辑出版论略[J]. 桂林航天工业学院学报，2017（01）.

[41] 侯艳. 广西北部湾楹联习俗论略[J]. 钦州学院学报，2017（06）.

附录一：声律启蒙

作者：车万育（1632—1705），字双亭，号鹤田，湖南邵阳人。康熙甲辰进士，官至兵科给事中。康熙二年（1663），与兄万备同举湖广乡试，明年成进士，选庶吉士。性刚直，直声震天下，至性纯笃，学问赅博。善书法，所藏明代墨迹最富，有萤照堂明代法书石刻十卷。

一 东

云对雨，雪对风，晚照对晴空。来鸿对去燕，宿鸟对鸣虫。三尺剑，六钧弓，岭北对江东。人间清暑殿，天上广寒宫。两岸晓烟杨柳绿，一园春雨杏花红。两鬓风霜，途次早行之客；一蓑烟雨，溪边晚钓之翁。

沿对革，异对同，白叟对黄童。江风对海雾，牧子对渔翁。颜巷陋，阮途穷，冀北对辽东。池中濯足水，门外打头风。梁帝讲经同泰寺，汉皇置酒未央宫。尘虑萦心，懒抚七弦绿绮；霜华满鬓，羞看百炼青铜。

贫对富，塞对通，野叟对溪童。鬓皤对眉绿，齿皓对唇红。天浩浩，日融融，佩剑对弯弓。半溪流水绿，千树落花红。野渡燕穿杨柳雨，芳池鱼戏芰荷风。女子眉纤，额下现一弯新月；男儿气壮，胸中吐万丈长虹。

二 冬

春对夏，秋对冬，暮鼓对晨钟。观山对玩水，绿竹对苍松。冯妇虎，叶公龙，舞蝶对鸣蛩。衔泥双紫燕，课蜜几黄蜂。春日园中莺恰恰，秋天塞外雁雍雍。秦岭云横，迢递八千远路；巫山雨洗，嵯峨十二危峰。

明对暗，淡对浓，上智对中庸。镜奁对衣笥，野杵对村舂。花灼烁，草蒙茸，九夏对三冬。台高名戏马，斋小号蟠龙。手擘蟹螯从毕卓，身披鹤氅自王恭。五老峰高，秀插云霄如玉笔；三姑石大，响传风雨若金镛。

仁对义，让对恭，禹舜对羲农。雪花对云叶，芍药对芙蓉。陈后主，汉中宗，绣虎对雕龙。柳塘风淡淡，花圃月浓浓。春日正宜朝看蝶，秋风那更夜闻蛩。战士邀功，必借干戈成勇武；逸民适志，须凭诗酒养疏慵。

三江

楼对阁，户对窗，巨海对长江。蓉裳对蕙帐，玉斝对银釭。青布幔，碧油幢，宝剑对金缸。忠心安社稷，利口覆家邦。世祖中兴延马武，桀王失道杀龙逄。秋雨潇潇，漫烂黄花都满径；春风袅袅，扶疏绿竹正盈窗。

旌对旆，盖对幢，故国对他邦。千山对万水，九泽对三江。山岌岌，水淙淙，鼓振对钟撞。清风生酒舍，白月照书窗。阵上倒戈辛纣战，道旁系剑子婴降。夏日池塘，出没浴波鸥对对；春风帘幕，往来营垒燕双双。

铢对两，只对双，华岳对湘江。朝车对禁鼓，宿火对塞缸。青琐闼，碧纱窗，汉社对周邦。笙箫鸣细细，钟鼓响摐摐。主簿栖鸾名有览，治中展骥姓惟庞。苏武牧羊，雪屡餐于北海；庄周活鲋，水必决于西江。

四支

茶对酒，赋对诗，燕子对莺儿。栽花对种竹，落絮对游丝。四目颉，一足夔，鸲鹆对鹭鸶。半池红菡萏，一架白荼蘼。几阵秋风能应候，一犁春雨甚知时。智伯恩深，国士吞变形之炭；羊公德大，邑人竖堕泪之碑。

行对止，速对迟，舞剑对围棋。花笺对草字，竹简对毛锥。汾水鼎，岘山碑，虎豹对熊罴。花开红锦绣，水漾碧琉璃。去妇因探邻舍枣，出妻为种后园葵。笛韵和谐，仙管恰从云里降；橹声咿轧，渔舟正向雪中移。

戈对甲，鼓对旗，紫燕对黄鹂。梅酸对李苦，青眼对白眉。三弄笛，一围棋，雨打对风吹。海棠春睡早，杨柳昼眠迟。张骏曾为槐树赋，杜陵不作海棠诗。晋士特奇，可比一斑之豹；唐儒博识，堪为五总之龟。

五微

来对往，密对稀，燕舞对莺飞。风清对月朗，露重对烟微。霜菊瘦，雨梅肥，客路对渔矶。晚霞舒锦绣，朝露缀珠玑。夏暑客思欹石枕，秋寒妇念寄边衣。春水才深，青草岸边渔父去；夕阳半落，绿莎原上牧童归。

宽对猛，是对非，服美对乘肥。珊瑚对玳瑁，锦绣对珠玑。桃灼灼，柳依依，绿暗对红稀。窗前莺并语，帘外燕双飞。汉致太平三尺剑，周臻大定一戎衣。吟成赏月之诗，只愁月堕；斟满送春之酒，惟憾春归。

声对色，饱对饥，虎节对龙旂。杨花对桂叶，白简对朱衣。龙也吠，燕于飞，荡荡对巍巍。春暄资日气，秋冷借霜威。出使振威冯奉世，治民异等尹翁归。燕我弟兄，载咏棣棠韡韡；命伊将帅，为歌杨柳依依。

六鱼

　　无对有，实对虚，作赋对观书。绿窗对朱户，宝马对香车。伯乐马，浩然驴，弋雁对求鱼。分金齐鲍叔，奉璧蔺相如。掷地金声孙绰赋，回文锦字窦滔书。未遇殷宗，胥靡困傅岩之筑；既逢周后，太公舍渭水之渔。

　　终对始，疾对徐，短褐对华裾。六朝对三国，天禄对石渠。千字策，八行书，有若对相如。花残无戏蝶，藻密有潜鱼。落叶舞风高复下，小荷浮水卷还舒。爱见人长，共服宣尼休假盖；恐彰己吝，谁知阮裕竟焚车。

　　麟对凤，鳖对鱼，内史对中书。犁锄对耒耜，畎浍对郊墟。犀角带，象牙梳，驷马对安车。青衣能报赦，黄耳解传书。庭畔有人持短剑，门前无客曳长裾。波浪拍船，骇舟人之水宿；峰峦绕舍，乐隐者之山居。

七虞

　　金对玉，宝对珠，玉兔对金乌。孤舟对短棹，一雁对双凫。横醉眼，捻吟须，李白对杨朱。秋霜多过雁，夜月有啼乌。日暖园林花易赏，雪寒村舍酒难沽。人处岭南，善探巨象口中齿；客居江右，偶夺骊龙颔下珠。

　　贤对圣，智对愚，傅粉对施朱。名缰对利锁，挈榼对提壶。鸠哺子，燕调雏，石帐对郇厨。烟轻笼岸柳，风急撼庭梧。鹳眼一方端石砚，龙涎三炷博山炉。曲沼鱼多，可使渔人结网；平田兔少，漫劳耕者守株。

　　秦对赵，越对吴，钓客对耕夫。箕裘对杖履，杞梓对桑榆。天欲晓，日将晡，狡兔对妖狐。读书甘刺股，煮粥惜焚须。韩信武能平四海，左思文足赋三都。嘉遁幽人，适志竹篱茅舍；胜游公子，玩情柳陌花衢。

八齐

　　岩对岫，涧对溪，远岸对危堤。鹤长对凫短，水雁对山鸡。星拱北，月流西，汉露对汤霓。桃林牛已放，虞坂马长嘶。叔侄去官闻广受，弟兄让国有夷齐。三月春浓，芍药丛中蝴蝶舞；五更天晓，海棠枝上子规啼。

　　云对雨，水对泥，白璧对玄圭。献瓜对投李，禁鼓对征鼙。徐稚榻，鲁班梯，凤翥对鸾栖。有官清似水，无客醉如泥。截发惟闻陶侃母，断机只有乐羊妻。秋望佳人，目送楼头千里雁；早行远客，梦惊枕上五更鸡。

熊对虎，象对犀，霹雳对虹霓。杜鹃对孔雀，桂岭对梅溪。萧史凤，宋宗鸡，远近对高低。水寒鱼不跃，林茂鸟频栖。杨柳和烟彭泽县，桃花流水武陵溪。公子追欢，闲骤玉骢游绮陌；佳人倦绣，闷欹珊枕掩香闺。

九　佳

河对海，汉对淮，赤岸对朱崖。鹭飞对鱼跃，宝钿对金钗。鱼圉圉，鸟喈喈，草履对芒鞋。古贤尝笃厚，时辈喜诙谐。孟训文公谈性善，颜师孔子问心斋。缓抚琴弦，像流莺而并语；斜排筝柱。类过雁之相挨。

丰对俭，等对差，布袄对荆钗。雁行对鱼阵，榆塞对兰崖。挑荠女，采莲娃，菊径对苔阶。诗成六义备，乐奏八音谐。造律吏哀秦法酷，知音人说郑声哇。天欲飞霜，塞上有鸿行已过；云将作雨，庭前多蚁阵先排。

城对市，巷对街，破屋对空阶。桃枝对桂叶，砌蚓对墙蜗。梅可望，橘堪怀，季路对高柴。花藏沽酒市，竹映读书斋。马首不容孤竹扣，车轮终就洛阳埋。朝宰锦衣，贵束乌犀之带；宫人宝髻，宜簪白燕之钗。

十　灰

增对损，闭对开，碧草对苍苔。书签对笔架，两曜对三台。周召虎，宋桓魋，阆苑对蓬莱。薰风生殿阁，皓月照楼台。却马汉文思罢献，吞蝗唐太冀移灾。照耀八荒，赫赫丽天秋日；震惊百里，轰轰出地春雷。

沙对水，火对灰，雨雪对风雷。书淫对传癖，水浒对岩隈。歌旧曲，酿新醅，舞馆对歌台。春棠经雨放，秋菊傲霜开。作酒固难忘曲蘖，调羹必要用盐梅。月满庾楼，据胡床而可玩；花开唐苑，轰羯鼓以奚催。

休对咎，福对灾，象箸对犀杯。宫花对御柳，峻阁对高台。花蓓蕾，草根荄，剔薛对剗苔。雨前庭蚁闹，霜后阵鸿哀。元亮南窗今日傲，孙弘东阁几时开。平展青茵，野外茸茸软草；高张翠幄，庭前郁郁凉槐。

十一　真

邪对正，假对真，獬豸对麒麟。韩卢对苏雁，陆橘对庄椿。韩五鬼，李三人，北魏对西秦。蝉鸣哀暮夏，莺啭怨残春。野烧焰腾红烁烁，溪流波皱碧粼粼。行无踪，居无庐，颂成酒德；动有时，藏有节，论著钱神。

哀对乐，富对贫，好友对嘉宾。弹冠对结绶，白日对青春。金翡翠，玉麒麟，虎爪对龙麟。柳塘生细浪，花径起香尘。闲爱登山穿谢屐，醉思漉酒脱陶巾。雪冷霜严，倚槛松筠同傲岁；日迟风暖，满园花柳各争春。

香对火，炭对薪，日观对天津。禅心对道眼，野妇对宫嫔。仁无敌，德有邻，万石对千钧。滔滔三峡水，冉冉一溪冰。充国功名当画阁，子张言行贵书绅。笃志诗书，思入圣贤绝域；忘情官爵，羞沾名利纤尘。

十二 文

家对国，武对文，四辅对三军。九经对三史，菊馥对兰芬。歌北鄙，咏南薰，迩听对遥闻。召公周太保，李广汉将军。闻化蜀民皆草偃，争权晋土已瓜分。巫峡夜深，猿啸苦哀巴地月；衡峰秋早，雁飞高贴楚天云。

欹对正，见对闻，偃武对修文。羊车对鹤驾，朝旭对晚曛。花有艳，竹成文，马燧对羊欣。山中梁宰相，树下汉将军。施帐解围嘉道韫，当垆沽酒叹文君。好景有期，北岭几枝梅似雪；丰年先兆，西郊千顷稼如云。

尧对舜，夏对殷，蔡茂对刘蕡。山明对水秀，五典对三坟。唐李杜，晋机云，事父对忠君。雨晴鸠唤妇，霜冷雁呼群。酒量洪深周仆射，诗才俊逸鲍参军。鸟翼长随，凤兮洵众禽长；狐威不假，虎也真百兽君。

十三 元

幽对显，寂对喧，柳岸对桃源。莺朋对燕友，早暮对寒暄。鱼跃沼，鹤乘轩，醉胆对吟魂。轻尘生范甑，积雪拥袁门。缕缕轻烟芳草渡，丝丝微雨杏花村。诣阙王通，献太平十二策；出关老子，著道德五千言。

儿对女，子对孙，药圃对花村。高楼对邃阁，赤豹对玄猿。妃子骑，夫人轩，旷野对平原。鲍巴能鼓瑟，伯氏善吹埙。馥馥早梅思驿使，萋萋芳草怨王孙。秋夕月明，苏子黄岗游赤壁；春朝花发，石家金谷启芳园。

歌对舞，德对恩，犬马对鸡豚。龙池对凤沼，雨骤对云屯。刘向阁，李膺门，唳鹤对啼猿。柳摇春白昼，梅弄月黄昏，岁冷松筠皆有节，春暄桃李本无言。噪晚齐蝉，岁岁秋来泣恨；啼宵蜀鸟，年年春去伤魂。

十四 寒

多对少，易对难，虎踞对龙蟠。龙舟对凤辇，白鹤对青鸾。风淅淅，露漙漙，绣毂对雕鞍。鱼游荷叶沼，鹭立蓼花滩。有酒阮貂奚用解，无鱼冯铗必须弹。丁固梦松，柯叶忽然生腹上；文郎画竹，枝梢倏尔长毫端。

寒对暑，湿对干，鲁隐对齐桓。寒毡对暖席，夜饮对晨餐。叔子带，仲由冠，郏鄏对邯郸。嘉禾忧夏旱，衰柳耐秋寒。杨柳绿遮元亮宅，杏花红映仲尼坛。江水流长，环绕似青罗带；海蟾轮满，澄明如白玉盘。

横对竖，窄对宽，黑志对弹丸。朱帘对画栋，彩槛对雕栏。春既老，夜将阑，百辟对千官。怀仁称足足，抱义美般般。好马君王曾市骨，食猪处士仅思肝。世仰双仙，元礼舟中携郭泰，人称连璧，夏侯车上并潘安。

十五 删

兴对废，附对攀，露草对霜菅，歌廉对借寇，习孔对希颜。山垒垒，水潺潺，奉璧对探环。礼由公旦作，诗本仲尼删。驴困客方经灞水，鸡鸣人已出函关。几夜霜飞，已有苍鸿辞北塞；数朝雾暗，岂无玄豹隐南山。

犹对尚，侈对悭，雾髻对烟鬟。莺啼对鹊噪，独鹤对双鹇。黄牛峡，金马山，结草对衔环。昆山惟玉集，合浦有珠还。阮籍旧能为眼白，老莱新爱着衣斑。栖迟避世人，草衣木食；窈窕倾城女，云鬓花颜。

姚对宋，柳对颜，赏善对惩奸。愁中对梦里，巧慧对痴顽。孔北海，谢东山，使越对征蛮，淫声闻濮上，离曲听阳关。骁将袍披仁贵白，小儿衣着老莱斑。茅舍无人，难却尘埃生榻上；竹亭有客，尚留风月在窗间。

卷二

一 先

晴对雨，地对天，天地对山川。山川对草木，赤壁对青田。郏鄏鼎，武城弦，木笔对苔钱。金城三月柳，玉井九秋莲。何处春朝风景好，谁家秋夜月华圆。珠缀花梢，千点蔷薇香露；练横树杪，几丝杨柳残烟。

前对后，后对先，众丑对孤妍。莺簧对蝶板，虎穴对龙渊。击石磬，观韦编，鼠目对鸢肩。春园花柳地，秋沼芰荷天。白羽频挥闲客坐，乌纱半坠醉翁眠。野店几家，羊角风摇沽酒斾；长川一带，鸭头波泛卖鱼船。

离对坎，震对乾，一日对千年，尧天对舜日，蜀水对秦川。苏武节，郑虔毡，涧壑对林泉。挥戈能退日，持管莫窥天。寒食芳辰花烂熳，中秋佳节月婵娟。梦里荣华，飘忽枕中之客，壶中日月，安闲市上之仙。

二 萧

恭对慢,吝对骄,水远对山遥。松轩对竹槛,雪赋对风谣。乘五马,贯双雕,烛灭对香消。明蟾常彻夜,骤雨不终朝。楼阁天凉风飒飒,关河地隔雨潇潇。几点鹭鸶,日暮常飞红蓼岸;一双鸂鶒,春朝频泛绿杨桥。

开对落,暗对昭,赵瑟对虞韶。轺车对驿骑,锦绣对琼瑶。羞攘臂,懒折腰,范甑对颜瓢。寒天鸳帐酒,夜月凤台箫。舞女腰肢杨柳软,佳人颜貌海棠娇。豪客寻春,南陌草青香阵阵;闲人避暑,东堂蕉绿影摇摇。

班对马,董对晁,夏昼对春宵。雷声对电影,麦穗对禾苗。八千路,廿四桥,总角对垂髫。露桃匀嫩脸,风柳舞纤腰。贾谊赋成伤鹏鸟,周公诗就托鸱鸮。幽寺寻僧,逸兴岂知俄尔尽;长亭送客,离魂不觉黯然消。

三 肴

风对雅,象对爻,巨蟒对长蛟。天文对地理,蟋蟀对螵蛸。龙夭矫,虎咆哮,北学对东胶。筑台须垒土,成屋必诛茅。潘岳不忘秋兴赋,边韶常被昼眠嘲。抚养群黎,已见国家隆治;滋生万物,方知天地泰交。

蛇对虺,蜃对蛟,麟薮对鹊巢。风声对月色,麦穗对桑苞。何妥难,子云嘲,楚甸对商郊。五音惟耳听,万虑在心包。葛被汤征因仇饷,楚遭齐伐责包茅。高矣若天,洵是圣人大道;淡而如水,实为君子神交。

牛对马,犬对猫,旨酒对嘉肴。桃红对柳绿,竹叶对松梢,藜杖叟,布衣樵,北野对东郊。白驹形皎皎,黄鸟语交交。花圃春残无客到,柴门夜永有僧敲。墙畔佳人,飘扬竞把秋千舞;楼前公子,笑语争将蹴踘抛。

四 豪

琴对瑟,剑对刀,地迥对天高。峨冠对博带,紫绶对绯袍。煎异茗,酌香醪,虎兕对猿猱。武夫攻骑射,野妇务蚕缫。秋雨一川淇澳竹,春风两岸武陵桃。螺髻青浓,楼外晚山千仞;鸭头绿腻,溪中春水半篙。

刑对赏,贬对褒,破斧对征袍。梧桐对橘柚,枳棘对蓬蒿。雷焕剑,吕虔刀,橄榄对葡萄。一椽书舍小,百尺酒楼高。李白能诗时秉笔,刘伶爱酒每铺糟。礼别尊卑,拱北众星常灿灿;势分高下,朝东万水自滔滔。

瓜对果,李对桃,犬子对羊羔。春分对夏至,谷水对山涛。双凤翼,九牛毛,主逸对臣劳。水流无限阔,山耸有余高。雨打村童新牧笠,尘生边将旧征袍。俊士居官，荣引鹓鸿之序；忠臣报国，誓殚犬马之劳。

五 歌

山对水，海对河，雪竹对烟萝。新欢对旧恨，痛饮对高歌。琴再抚，剑重磨，媚柳对枯荷。荷盘从雨洗，柳线任风搓。饮酒岂知欹醉帽，观棋不觉烂樵柯。山寺清幽，直踞千寻云岭；江楼宏敞，遥临万顷烟波。

繁对简，少对多，里咏对途歌。宦情对旅况，银鹿对铜驼。刺史鸭，将军鹅，玉律对金科。古堤垂觯柳，曲沼长新荷。命驾吕因思叔夜，引车蔺为避廉颇。千尺水帘，今古无人能手卷；一轮月镜，乾坤何匠用功磨。

霜对露，浪对波，径菊对池荷。酒阑对歌罢，日暖对风和。梁父咏，楚狂歌，放鹤对观鹅。史才推永叔，刀笔仰萧何。种橘犹嫌千树少，寄梅谁信一枝多。林下风生，黄发村童推牧笠；江头日出，皓眉溪叟晒渔蓑。

六 麻

松对柏，缕对麻，蚁阵对蜂衙。赪鳞对白鹭，冻雀对昏鸦，白堕酒，碧沉茶，品笛对吹笳。秋凉梧堕叶，春暖杏开花。雨长苔痕侵壁砌，月移梅影上窗纱。飒飒秋风，度城头之筚篥；迟迟晚照，动江上之琵琶。

优对劣，凸对凹，翠竹对黄花。松杉对杞梓，菽麦对桑麻。山不断，水无涯，煮酒对烹茶。鱼游池面水，鹭立岸头沙。百亩风翻陶令秫，一畦雨熟邵平瓜。闲捧竹根，饮李白一壶之酒；偶擎桐叶，啜卢仝七碗之茶。

吴对楚，蜀对巴，落日对流霞。酒钱对诗债，柏叶对松花。驰驿骑，泛仙槎，碧玉对丹砂。设桥偏送笋，开道竟还瓜。楚国大夫沉汨水，洛阳才子谪长沙。书簏琴囊，乃士流活计；药炉茶鼎，实闲客生涯。

七 阳

高对下，短对长，柳影对花香。词人对赋客，五帝对三王。深院落，小池塘，晚眺对晨妆。绛霄唐帝殿，绿野晋公堂。寒集谢庄衣上雪，秋添潘岳鬓边霜。人浴兰汤，事不忘于端午；客斟菊酒，兴常记于重阳。

尧对舜，禹对汤，晋宋对隋唐。奇花对异卉，夏日对秋霜。八叉手，九回肠，地久对天长。一堤杨柳绿，三径菊花黄。闻鼓塞兵方战斗，听钟宫女正梳妆。春饮方归，纱帽半淹邻舍酒；早朝初退，衮衣微惹御炉香。

荀对孟，老对庄，韠柳对垂杨。仙宫对梵宇，小阁对长廊。风月窟，水云乡，蟋蟀对螳螂。暖烟香霭霭，寒烛影煌煌。伍子欲酬渔父剑，韩生尝窃贾公香。三月韶光，常忆花明柳媚；一年好景，难忘橘绿橙黄。

八 庚

深对浅，重对轻，有影对无声。蜂腰对蝶翅，宿醉对余酲。天北缺，日东生，独卧对同行。寒冰三尺厚，秋月十分明。万卷书容闲客览，一樽酒待故人倾。心侈唐玄，厌看霓裳之曲；意骄陈主，饱闻玉树之赓。

虚对实，送对迎，后甲对先庚。鼓琴对舍瑟，搏虎对骑鲸。金匼匝，玉玎琤，玉宇对金茎。花间双粉蝶，柳内几黄莺。贫里每甘藜藿味，醉中厌听管弦声。肠断秋闺，凉吹已侵重被冷；梦惊晓枕，残蟾犹照半窗明。

渔对猎，钓对耕，玉振对金声。雉城对雁塞，柳袅对葵倾。吹玉笛，弄银笙，阮杖对桓筝。墨呼松处士，纸号楮先生。露浥好花潘岳县，风搓细柳亚夫营。抚动琴弦，遽觉座中风雨至；哦成诗句，应知窗外鬼神惊。

九 青

红对紫，白对青，渔火对禅扃。唐诗对汉史，释典对仙经。龟曳尾，鹤梳翎，月榭对风亭。一轮秋夜月，几点晓天星。晋士只知山简醉，楚人谁识屈原醒。绣倦佳人，慵把鸳鸯文作枕；吮毫画者，思将孔雀写为屏。

行对坐，醉对醒，佩紫对纡青。棋枰对笔架，雨雪对雷霆。狂蛱蝶，小蜻蜓，水岸对沙汀。天台孙绰赋，剑阁孟阳铭。传信子卿千里雁，照书车胤一囊萤。冉冉白云，夜半高遮千里月；澄澄碧水，宵中寒映一天星。

书对史，传对经，鹦鹉对鹡鸰。黄茅对白荻，绿草对青萍。风绕铎，雨淋铃，水阁对山亭。渚莲千朵白，岸柳两行青。汉代宫中生秀柞，尧时阶畔长祥蓂。一枰决胜，棋子分黑白；半幅通灵，画色间丹青。

十 蒸

新对旧，降对升，白犬对苍鹰。葛巾对藜杖。涧水对池冰。张兔网，挂鱼罾，燕雀对鹍鹏。炉中煎药火，窗下读书灯。织锦逐梭成舞凤，画屏误笔作飞蝇。宴客刘公，座上满斟三雅爵；迎仙汉帝，宫中高插九光灯。

儒对士，佛对僧，面友对心朋。春残对夏老，夜寝对晨兴。千里马，九霄鹏，霞蔚对云蒸。寒堆阴岭雪，春泮水池冰。亚父愤生撞玉斗，周公誓死作金滕。将军元晖，莫怪人讥为饿虎；侍中卢昶，难逃世号作饥鹰。

规对矩，墨对绳，独步对同登。吟哦对讽咏，访友对寻僧。风绕屋，水襄陵，紫鹄对苍鹰。鸟寒惊夜月，鱼暖上春冰。扬子口中飞白凤，何郎鼻上集青蝇。巨鲤跃池，翻几重之密藻；颠猿饮涧，挂百尺之垂藤。

十一 尤

荣对辱，喜对忧，夜宴对春游。燕关对楚水，蜀犬对吴牛。茶敌睡，酒消愁，青眼对白头。马迁修史记，孔子作春秋。适兴子猷常泛棹，思归王粲强登楼。窗下佳人，妆罢重将金插鬓；筵前舞妓，曲终还要锦缠头。

唇对齿，角对头，策马对骑牛。毫尖对笔底，绮阁对雕楼。杨柳岸，荻芦洲，语燕对啼鸠。客乘金络马，人泛木兰舟。绿野耕夫春举耜，碧池渔父晚垂钩。波浪千层，喜见蛟龙得水；云霄万里，惊看雕鹗横秋。

庵对寺，殿对楼，酒艇对渔舟。金龙对彩凤，獭豕对童牛。王郎帽，苏子裘，四季对三秋。峰峦扶地秀，江汉接天流。一湾绿水渔村小，万里青山佛寺幽。龙马呈河，羲皇阐微而画卦；神龟出洛，禹王取法以陈畴。

十二 侵

眉对目，口对心，锦瑟对瑶琴。晓耕对寒钓，晚笛对秋砧。松郁郁，竹森森，闵损对曾参。秦王亲击缶，虞帝自挥琴。三献卞和尝泣玉，四知杨震固辞金。寂寂秋朝，庭叶因霜摧嫩色；沉沉春夜，砌花随月转清阴。

前对后，古对今，野兽对山禽。犍牛对牝马，水浅对山深。曾点瑟，戴逵琴，璞玉对浑金。艳红花弄色，浓绿柳敷阴。不雨汤王方剪爪，有风楚子正披襟。书生惜壮岁韶华，寸阴尺璧，游子爱良宵光景，一刻千金。

丝对竹，剑对琴，素志对丹心。千愁对一醉，虎啸对龙吟。子罕玉，不疑金，往古对来今。天寒邹吹律，岁旱傅为霖。渠说子规为帝魄，侬知孔雀是家禽。屈子沉江，处处舟中争系粽；牛郎渡渚，家家台上竞穿针。

十三 覃

千对百，两对三，地北对天南。佛堂对仙洞，道院对禅庵。山泼黛，水浮蓝，雪岭对云潭。凤飞方翙翙，虎视已眈眈。窗下书生时讽咏，筵前酒客日耽酣。白草满郊，秋日牧征人之马；绿桑盈亩，春时供农妇之蚕。

将对欲，可对堪，德被对恩覃。权衡对尺度，雪寺对云庵。安邑枣，洞庭柑，不愧对无惭。魏征能直谏，王衍善清谈。紫梨摘去从山北，丹荔传来自海南。攘鸡非君子所为，但当月一；养狙是山公之智，止用朝三。

中对外，北对南，贝母对宜男。移山对浚井，谏苦对言甘。千取百，二为三，魏尚对周堪。海门翻夕浪，山市拥晴岚。新缔直投公子纻，旧交犹脱馆人骖。文达渊通，已咏冰兮寒过水；永和博雅，可知青者胜于蓝。

十四 盐

悲对乐，爱对嫌，玉兔对银蟾。醉侯对诗史，眼底对眉尖。风习习，月纤纤，李苦对瓜甜。画堂施锦帐，酒市舞青帘。横槊赋诗传孟德，引壶酌酒尚陶潜。两曜迭明，日东生而月西出；五行式序，水下润而火上炎。

如对似，减对添，绣幕对朱帘。探珠对献玉，鹭立对鱼潜。玉屑饭，水晶盐，手剑对腰镰。燕巢依邃阁，蛛网挂虚檐。夺槊至三唐敬德，弈棋第一晋王恬。南浦客归，湛湛春波千顷净；西楼人悄，弯弯夜月一钩纤。

逢对遇，仰对瞻，市井对闾阎。投簪对结绶，握发对掀髯。张绣幕，卷珠帘，石碏对江淹。宵征方肃肃，夜饮已厌厌。心褊小人长戚戚，礼多君子屡谦谦。美刺殊文，备三百五篇诗咏；吉凶异画，变六十四卦爻占。

十五 咸

清对浊，苦对咸，一启对三缄。烟蓑对雨笠，月榜对风帆。莺睍睆，燕呢喃，柳杞对松杉。情深悲素扇，泪痛湿青衫。汉室既能分四姓，周朝何用叛三监。破的而探牛心，豪矜王济；竖竿以挂犊鼻，贫笑阮咸。

能对否，圣对贤，卫瓘对浑瑊。雀罗对鱼网，翠巘对苍岩。红罗帐，白布衫，笔格对书函。蕊香蜂竞采，泥软燕争衔。凶孽誓清闻祖逖，王家能乂有巫咸。溪叟新居，渔舍清幽临水岸；山僧久隐，梵宫寂寞倚云岩。

冠对带，帽对衫，议鲠对言谗。行舟对御马，俗弊对民癌。鼠且硕，兔多毚，史册对书缄。塞城闻奏角，江浦认归帆。河水一源形弥弥，泰山万仞势岩岩。郑为武公，赋缁衣而美德；周因巷伯，歌贝锦以伤谗。

附录二：笠翁对韵

作者：李渔（1611—1680），原名仙侣，字谛凡，号天徒。中年改名李渔，字笠鸿，号笠翁。明末清初著名戏曲家，浙江兰溪人。崇祯十年（1637）考入金华府庠。入清后，无意仕进，从事著述和指导戏剧演出，一生著述五百多万字，有《闲情偶寄》《笠翁十种曲》等作品传世。

上卷

一 东

天对地，雨对风，大陆对长空。山花对海树，赤日对苍穹。雷隐隐，雾蒙蒙，日下对天中。风高秋月白，雨霁晚霞红。牛女二星河左右，参商两曜斗西东。十月塞边，飒飒寒霜惊戍旅；三冬江上，漫漫朔雪冷鱼翁。

河对汉，绿对红，雨伯对雷公。烟楼对雪洞，月殿对天宫。云叆叇，日曈曚，腊屐对渔篷。过天星似箭，吐魄月如弓。驿旅客逢梅子雨，池亭人抱藕花风。茅店村前，皓月坠林鸡唱韵；板桥路上，青霜锁道马行踪。

山对海，华对嵩，四岳对三公。宫花对禁柳，塞雁对江龙。清暑殿，广寒宫，拾翠对题红。庄周梦化蝶，吕望兆飞熊。北牖当风停夏扇，南帘曝日省冬烘。鹤舞楼头，玉笛弄残仙子月；凤翔台上，紫箫吹断美人风。

二 冬

晨对午，夏对冬，下响对高春。青春对白昼，古柏对苍松。垂钓客，荷锄翁，仙鹤对神龙。凤冠珠闪烁，螭带玉玲珑。三元及第才千顷，一品当朝禄万钟。花萼楼前，仙李盘根调国脉；沉香亭畔，娇杨擅宠起边风。

清对淡，薄对浓，暮鼓对晨钟。山茶对石菊，烟锁对云封。金菡萏，玉芙蓉，绿绮对青锋。早汤先宿酒，晚食继朝饔。唐库金钱能化蝶，延津宝剑会成龙。巫峡浪传，云雨荒唐神女庙；岱宗遥望，儿孙罗列丈人峰。

繁对简，叠对重，意懒对心慵。仙翁对释伴，道范对儒宗。花灼灼，草茸茸，浪蝶对狂蜂。数竿君子竹，五树大夫松。高皇灭项凭三杰，虞帝承尧殛四凶。内苑佳人，满地风光愁不尽；边关过客，连天烟草憾无穷。

三 江

奇对偶，只对双，大海对长江。金盘对玉盏，宝烛对银釭。朱漆槛，碧纱窗，舞调对歌腔。汉兴推马武，夏谏著龙逄。四收列国群王伏，三筑高城众敌降。跨凤登台，潇洒仙姬秦弄玉；斩蛇当道，英雄天子汉刘邦。

颜对貌，像对庞，步辇对徒杠。停针对搁笔，意懒对心降。灯闪闪，月幢幢，揽辔对飞艎。柳堤驰骏马，花院吠村尨。酒量微熏琼杏颊，香尘浅印玉莲双。诗写丹枫，韩夫幽怀流御水；泪弹斑竹，舜妃遗恨积湘江。

四 支

泉对石，干对枝，吹竹对弹丝。山亭对水榭，鹦鹉对鸬鹚。五色笔，十香词，泼墨对传卮。神奇韩干画，雄浑李陵诗。几处花街新夺锦，有人香径淡凝脂。万里烽烟，战士边头争保塞；一犁膏雨，农夫村外尽乘时。

俎对醢，赋对诗，点漆对描脂。瑶簪对珠履，剑客对琴师。沽酒价，买山资，国色对仙姿。晚霞明似锦，春雨细如丝。柳绊长堤千万树，花横野寺两三枝。紫盖黄旗，天象预占江左地；青袍白马，童谣终应寿阳儿。

箴对赞，缶对卮，萤焰对蚕丝。轻裾对长袖，瑞草对灵芝。流涕策，断肠诗，喉舌对腰肢。云中熊虎将，天上凤凰儿。禹庙千年垂桔柚，尧阶三尺覆茅茨。湘竹含烟，腰下轻纱笼玳瑁；海棠经雨，脸边清泪湿胭脂。

争对让，望对思，野葛对山栀。仙风对道骨，天造对人为。专诸剑，博浪椎，经纬对干支。位尊民物主，德重帝王师。望切不妨人去远，心忙无奈马行迟。金屋闭来，赋乞茂林题柱笔；玉楼成后，记须昌谷负囊词。

五 微

贤对圣，是对非，觉奥对参微。鱼书对雁字，草舍对柴扉。鸡晓唱，雉朝飞，红瘦对绿肥。举杯邀月饮，骑马踏花归。黄盖能成赤壁捷，陈平善解白登危。太白书堂，瀑泉垂地三千尺；孔明祠庙，老柏参天四十围。

戈对甲，幄对帏，荡荡对巍巍。严滩对邵圃，靖菊对夷薇。占鸿渐，采凤飞，虎榜对龙旗。心中罗锦绣，口内吐珠玑。宽宏豁达高皇量，叱咤暗哑霸主威。灭项兴刘，狡兔尽时走狗死；连吴拒魏，貔貅屯处卧龙归。

衰对盛，密对稀，祭服对朝衣。鸡窗对雁塔，秋榜对春闱。乌衣巷，燕子矶，久别对初归。天姿真窈窕，圣德实光辉。蟠桃紫阙来金母，岭荔红尘进玉妃。灞上军营，亚父丹心撞玉斗；长安酒市，谪仙狂兴换银龟。

六 鱼

　　羹对饭，柳对榆，短袖对长裾。鸡冠对凤尾，芍药对芙蕖。周有若，汉相如，王屋对匡庐。月明山寺远，风细水亭虚。壮士腰间三尺剑，男儿腹内五车书。疏影暗香，和靖孤山梅蕊放；轻阴清昼，渊明旧宅柳条舒。

　　吾对汝，尔对余，选授对升除。书箱对药柜，耒耜对耰锄。参虽鲁，回不愚，阀阅对阎闾。诸侯千乘国，命妇七香车。穿云采药闻仙犬，踏雪寻梅策蹇驴。玉兔金乌，二气精灵为日月；洛龟河马，五行生克在图书。

　　敧对正，密对疏，囊橐对苞苴。罗浮对壶峤，水曲对山纡。骖鹤驾，待鸾舆，桀溺对长沮。搏虎卞庄子，当熊冯婕妤。南阳高士吟梁父，西蜀才人赋子虚。三径风光，白石黄花供杖履；五湖烟景，青山绿水在樵渔。

七 虞

　　红对白，有对无，布谷对提壶。毛椎对羽扇，天阙对皇都。谢蝴蝶，郑鹧鸪，蹈海对归湖。花肥春雨润，竹瘦晚风疏。麦饭豆麋终创汉，莼羹鲈脍竟归吴。琴调轻弹，杨柳月中潜去听；酒旗斜挂，杏花村里共来沽。

　　罗对绮，茗对蔬，柏秀对松枯。中元对上巳，返璧对还珠。云梦泽，洞庭湖，玉烛对冰壶。苍头犀角带，绿鬓象牙梳。松阴白鹤声相应，镜里青鸾影不孤。竹户半开，对牖不知人在否？柴门深闭，停车还有客来无。

　　宾对主，婢对奴，宝鸭对金凫。升堂对入室，鼓瑟对投壶。砚合璧，颂联珠，提瓮对当垆。仰高红日尽，望远白云孤。歆向秘书窥二酉，机云芳誉动三吴。祖饯三杯，老去常斟花下酒；荒田五亩，归来独荷月中锄。

　　君对父，魏对吴，北岳对西湖。菜蔬对茶饭，苣笋对菖蒲。梅花数，竹叶符，廷议对山呼。两都班固赋，八阵孔明图。田庆紫荆堂下茂，王裒青柏墓前枯。出塞中郎，羝有乳时归汉室；质秦太子，马生角日返燕都。

八 齐

　　鸾对凤，犬对鸡，塞北对关西。长生对益智，老幼对旄倪。颁竹策，剪桐圭，剥枣对蒸梨。绵腰如弱柳，嫩手似柔荑。狡兔能穿三穴隐，鹪鹩权借一枝栖。甪里先生，策杖垂绅扶少主；于陵仲子，辟纑织履赖贤妻。

鸣对吠，泛对栖，燕语对莺啼。珊瑚对玛瑙，琥珀对玻璃。绛县老，伯州梨，测蠡对燃犀。榆槐堪作荫，桃李自成蹊。投巫救女西门豹，赁浣逢到百里奚。阙里门墙，陋巷规模原不陋；隋堤基址，迷楼踪迹亦全迷。

越对赵，楚对齐，柳岸对桃溪。纱窗对绣户，画阁对香闺。修月斧，上天梯，螮蝀对虹霓。行乐游春圃，工谀病夏畦。李广不封空射虎，魏明得立为存麂。按辔徐行，细柳功成劳王敬；闻声稍卧，临泾名震止儿啼。

九　佳

门对户，陌对街，枝叶对根荄。斗鸡对挥麈，凤髻对鸾钗。登楚岫，渡秦淮，子规对夫差。石鼎龙头缩，银筝雁翅排。百年诗礼延余庆，万里风云入壮怀。能辨名伦，死矣野哉悲季路；不由径窦，生乎愚也有高柴。

冠对履，袜对鞋，海角对天涯。鸡人对虎旅，六市对三街。陈俎豆，戏堆埋，皎皎对皑皑。贤相聚东阁，良明集小斋。梦里山川书越绝，枕边风月记齐谐。三径萧疏，彭泽高风怡五柳；六朝华贵，琅琊佳气种三槐。

勤对俭，巧对乖，水榭对山斋。冰桃对雪藕，漏箭对更牌。寒翠袖，贵金钗，慷慨对诙谐。竹径风声籁，花溪月影筛。携囊佳韵随时贮，荷锸沉酣到处埋。江海孤踪，云浪风涛惊旅梦；乡关万里，烟峦云树切归怀。

杞对梓，桧对楷，水泊对山崖。舞裙对歌袖，玉陛对瑶阶。风入袂，月盈怀，虎兕对狼豺。马融堂上帐，羊侃水中斋。北面黉宫宜拾芥，东巡岱畤定燔柴。锦缆春江，横笛洞箫通碧落；华灯夜月，遗簪堕翠遍香街。

十　灰

春对夏，喜对哀，大手对长才。风清对月朗，地阔对天开。游阆苑，醉蓬莱，七政对三台。青龙壶老杖，白燕玉人钗。香风十里望仙阁，明月一天思子台。玉橘冰桃，王母几因求道降；莲舟藜杖，真人原为读书来。

朝对暮，去对来，庶矣对康哉。马肝对鸡肋，杏眼对桃腮。佳兴适，好怀开，朔雪对春雷。云移鸐鹊观，日晒凤凰台。河边淑气迎芳草，林下轻风待落梅。柳媚花明，燕语莺声浑是笑；松号柏舞，猿啼鹤唳总成哀。

忠对信，博对赅，忖度对疑猜。香消对烛暗，鹊喜对蛩哀。金花报，玉镜台，倒罘对衔怀。岩巅横老树，石磴覆苍苔。雪满山中高士卧，月明林下美人来。绿柳沿堤，皆因苏子来时种；碧桃满观，尽是刘郎去后栽。

十一 真

　　莲对菊，凤对麟，浊富对清贫。渔庄对佛舍，松盖对花茵。萝月叟，葛天民，国宝对家珍。草迎金埒马，花醉玉楼人。巢燕三春尝唤友，塞鸿八月始来宾。古往今来，谁见泰山曾作砺；天长地久，人传沧海几扬尘。

　　兄对弟，吏对民，父子对君臣。勾丁对甫甲，赴卯对同寅。折桂客，簪花人，四皓对三仁。王乔云外舄，郭泰雨中巾。人交好友求三益，士有贤妻备五伦。文教南宣，武帝平蛮开百越；义旗西指，韩侯扶汉卷三秦。

　　申对午，侃对訚，阿魏对茵陈。楚兰对湘芷，碧柳对青筠。花馥馥，叶蓁蓁，粉颈对朱唇。曹公奸似鬼，尧帝智如神。南阮才郎差北富，东邻丑女效西颦。色艳北堂，草号忘忧忧甚事？香浓南国，花名含笑笑何人？

十二 文

　　忧对喜，戚对欣，五典对三坟。佛经对仙语，夏耨对春耘。烹早韭，剪春芹，暮雨对朝云。竹间斜白接，花下醉红裙。掌握灵符五岳箓，腰悬宝剑七星纹。金锁未开，上相趋听宫漏水；珠帘半卷，翻僚仰对御炉薰。

　　词对赋，懒对勤，类聚对群分。鸾箫对凤笛，带草对香芸。燕许笔，韩柳文，旧话对新闻。赫赫周南仲，翩翩晋右军。六国说成苏子贵，两京收复郭公勋。汉阙陈书，侃侃忠言推贾谊；唐廷对策，岩岩直谏有刘蕡。

　　言对笑，绩对勋，鹿豕对羊羵。星冠对月扇，把袂对书裙。汤事葛，说兴殷，萝月对松云。西池青鸟使，北塞黑鸦军。文武成康为一代，魏吴蜀汉定三分。桂苑秋宵，明月三杯邀曲客；松亭夏日，薰风一曲奏桐君。

十三 元

　　卑对长，季对昆，永巷对长门。山亭对水阁，旅舍对军屯。杨子渡，谢公墩，德重对年尊。承乾对出震，叠坎对重坤。志士报君思犬马，仁王养老察鸡豚。远水平沙，有客泛舟桃叶渡；斜风细雨，何人携榼杏花村。

　　君对相，祖对孙，夕照对朝暾。兰台对桂殿，海岛对山村。碑堕泪，赋招魂，报怨对怀恩。陵埋金吐气，田种玉生根。相府珠帘垂白昼，边城画角对黄昏。枫叶半山，秋去烟霞堪倚杖；梨花满地，夜来风雨不开门。

十四寒

家对国，治对安，地主对天官。坎男对离女，周诰对殷盘。三三暖，九九寒，杜撰对包弹。古壁蛩声匝，闲亭鹤影单。燕出帘边春寂寂，莺闻枕上漏珊珊。池柳烟飘，日夕郎归青锁闼；砌花雨过，月明人倚玉栏杆。

肥对瘦，窄对宽，黄犬对青鸾。指环对腰带，洗钵对投竿。诛佞剑，进贤冠，画栋对雕栏。双垂白玉箸，九转紫金丹。陕右棠高怀召伯，河南花满忆潘安。陌上芳春，弱柳当风披彩线；池中清晓，碧荷承露捧珠盘。

行对卧，听对看，鹿洞对鱼滩。蛟腾对豹变，虎踞对龙蟠。风凛凛，雪漫漫，手辣对心酸。莺莺对燕燕，小小对端端。蓝水远从千涧落，玉山高并两峰寒。至圣不凡，嬉戏六龄陈俎豆；老莱大孝，承欢七袠舞斑斓。

十五删

林对坞，岭对峦，昼永对春闲。谋深对望重，任大对投艰。裾裹裹，佩珊珊，守塞对当关。密云千里合，新月一钩弯。叔宝君臣皆纵逸，重华父母是嚚顽。名动帝畿，西蜀三苏来日下；壮游京洛，东吴二陆起云间。

临对仿，吝对悭，讨逆对平蛮。忠肝对义胆，雾鬟对云鬟。埋笔冢，烂柯山，月貌对天颜。龙潜终得跃，鸟倦亦知还。陇树飞来鹦鹉绿，池筠密处鹧鸪斑。秋露横江，苏子月明游赤壁；冻云迷岭，韩公雪拥过蓝关。

下卷

一先

寒对暑，日对年，蹴鞠对秋千。月山对碧水，淡雨对罩烟。歌宛转，貌婵娟，雪鼓对云笺。荒芦栖南雁，疏柳噪秋蝉。洗耳尚逢高士笑，折腰肯受小儿怜。郭泰泛舟，折角半垂梅子雨；山涛骑马，接䍦倒着杏花天。

轻对重，肥对坚，碧玉对青钱。郊寒对岛瘦，酒圣对诗仙。依玉树，步金莲，凿井对耕田。杜甫清宵立，边韶白昼眠。豪饮客吞波底月，酣游人醉水中天。斗草青郊，几行宝马嘶金勒；看花紫陌，千里香车拥翠钿。

吟对咏，授对传，乐矣对凄然。风鹏对雪雁，董杏对周莲。春九十，岁三千，钟鼓对管弦。入山逢宰相，无事即神仙。霞映武陵桃淡淡，烟荒隋堤柳绵绵。七碗月团，啜罢清风生腋下；三杯云液，饮余红雨晕腮边。

中对外，后对先，树下对花前。玉柱对金屋，叠嶂对平川。孙子策，祖生鞭，盛席对华筵。解醉知茶力，消愁识酒权。丝剪芰荷开东沼，锦妆凫雁泛温泉。帝女衔石，海中遗魄为精卫；蜀王叫月，枝上游魂化杜鹃。

二 萧

琴对笛，釜对瓢，水怪对花妖。秋声对春色，白缣对红绡。臣五代，事三朝，头柄对弓腰。醉客歌金缕，佳人品玉箫。风定落花闲不扫，霜余残叶湿难烧。千载兴周，尚父一竿投渭水；百年霸越，钱王万弩射江潮。

荣对悴，夕对朝，露地对云霄。商彝对周鼎，殷濩对虞韶。樊素口，小蛮腰，六诏对三苗。朝天车奕奕，出塞马萧萧。公子幽兰重泛舸，王孙芳草正联镳。潘岳高怀，曾向秋天吟蟋蟀；王维清兴，尝于雪夜画芭蕉。

耕对读，牧对樵，琥珀对琼瑶。兔毫对鸿爪，桂楫对兰桡。鱼潜藻，鹿藏蕉，水远对山遥。湘灵能鼓瑟，嬴女解吹箫。雪点寒梅横小院，风吹弱柳覆平桥。月牖通宵，绛蜡罢时光不减；风帘当昼，雕盘停后篆难消。

三 肴

诗对礼，卦对爻，燕引对莺调。辰钟对暮鼓，野馔对山肴。雉方乳，鹊始巢，猛虎对神獒。疏星浮荇叶，皓月上松梢。为邦自古推瑚琏，从政于今愧斗筲。管鲍相知，能交忘形胶漆友；蔺廉有隙，终对刎颈死生交。

歌对舞，笑对嘲，耳语对神交。焉乌对亥豕，獭髓对鸾胶。宜久敬，莫轻抛，一气对同胞。祭遵甘布被，张禄念绨袍。花径风来逢客访，柴扉月到有僧敲。夜雨园中，一颗不雕王子柰；秋风江上，三重曾卷杜公茅。

衙对舍，廪对庖，玉磬对金铙。竹林对梅岭，起凤对腾蛟。鲛绡帐，兽锦袍，露果对风梢。扬州输橘柚，荆土贡菁茅。断蛇埋地称孙叔，渡蚁作桥识宋郊。好梦难成，蛩响阶前偏唧唧；良明远到，鸡声窗外正嘐嘐。

四 豪

茭对茨，荻对蒿，山麓对江皋。莺簧对蝶板，浪麦对桃涛。骐骥足，凤凰毛，美誉对嘉褒。文人窥蠹简，学士书兔毫。马援南征载薏苡，张骞西使进葡萄。辩口悬河，万语千言常亹亹；词源倒峡，连篇累牍自滔滔。

梅对杏，李对桃，械朴对旌旄。酒仙对诗史，德泽对思膏。悬一榻，梦三刀，拙逸对贵劳。玉堂花烛绕，金殿月轮高。孤山看鹤盘云下，蜀道闻猿向月号。万事从人，有花有酒应自乐；百年皆客，一丘一壑尽吾豪。

台对省，署对曹，分袂对同胞。鸣琴对击剑，返辙对回艚。良借箸，操提刀，香茗对醇醪。滴泉归海大，篑土积山高。石室客来煎雀吞，画堂宾至饮羊羔。被谪贾生，湘水凄凉吟鵩鸟；遭谗屈子，江潭憔悴著离骚。

五　歌

微对巨，少对多，直干对平柯。蜂媒对蝶使，雨笠对烟蓑。眉淡扫，面微酡，妙舞对清歌。轻衫裁夏葛，薄袂剪春罗。将相兼行唐李靖，霸王杂用汉萧何。月本阴精，岂有羿妻曾窃药；星为夜宿，浪传织女漫投梭。

慈对善，虐对苛，缥缈对婆娑。长杨对细柳，嫩蕊对寒莎。追风马，挽日戈，玉液对金波。紫诏衔丹凤，黄庭换白鹅。画阁江城梅作调，兰舟野渡竹为歌。门外雪飞，错认空中飘柳絮；岩边瀑响，误疑天半落银河。

松对竹，荇对荷，薜荔对藤萝。梯云对步月，樵唱对渔歌。升鼎雉，听经鹅，北海对东坡。吴郎哀废宅，邵子乐行窝。丽水良金皆待冶，昆山美玉总须磨。雨过皇州，琉璃色灿华清瓦；风来帝苑，荷芰香飘太液波。

笼对槛，巢对窝，及第对登科。冰清对玉润，地利对人和。韩擒虎，荣驾鹅，青女对素娥。破头朱泚笏，折齿谢鲲梭。留客酒杯应恨少，动人诗句不须多。绿野凝烟，但听村前双牧笛；沧江积雪，惟看滩上一渔蓑。

六　麻

清对浊，美对嘉，鄙吝对矜夸。花须对柳眼，屋角对檐牙。志和宅，博望槎，秋实对春华。乾炉烹白雪，坤鼎炼丹砂。深宵望冷沙场月，边塞听残野戍笳。满院松风，钟声隐隐为僧舍；半窗花月，锡影依依是道家。

雷对电，雾对霞，蚁阵对蜂衙。寄梅对怀橘，酿酒对烹茶。宜男草，益母花，杨柳对蒹葭。班姬辞帝辇，蔡琰泣胡笳。舞榭歌楼千万尺，竹篱茅舍三两家。珊枕半床，月明时梦飞塞外；银筝一奏，花落处人在天涯。

圆对缺，正对斜，笑语对咨嗟。沈腰对潘鬓，孟笋对卢茶。百舌鸟，两头蛇，帝里对仙家。尧仁敷率土，舜德被流沙。桥上授书曾纳履，壁间题句已笼纱。远塞迢迢，露碛风沙何可极；长沙渺渺，雪涛烟浪信无涯。

疏对密，朴对华，义鹘对慈鸦。鹤群对雁阵，白苎对黄麻。读三到，吟八叉，肃静对喧哗。围棋兼把钓，沉李并浮瓜。羽客片时能煮石，狐禅千劫似蒸沙。党尉粗豪,金帐笼香斟美酒;陶生清逸,银铛融雪啜团茶。

七 阳

台对阁,沼对塘,朝雨对夕阳。游人对隐士,谢女对秋娘。三寸舌,九回肠,玉液对琼浆。秦皇照胆镜,徐肇返魂香。青萍夜啸芙蓉匣,黄卷时摊薜荔床。元亨利贞,天地一机成化育;仁义礼智,圣贤千古立纲常。

红对白,绿对黄,昼永对更长。龙飞对凤舞,锦缆对牙樯。云弁使,雪衣娘,故国对他乡。雄文能徙鳄,艳曲为求凰。九日高峰惊落帽,暮春曲水喜流觞。僧占名山,云绕茂林藏古殿;客栖胜地,风飘落叶响空廊。

衰对壮,弱对强,艳饰对新妆。御龙对司马,破竹对穿杨。读班马,识求羊,水色对山光。仙棋藏绿橘,客枕梦黄粱。池草入诗因有梦,海棠带恨为无香。风起画堂,帘箔影翻青荇沼;月斜金井,辘轳声度碧梧墙。

臣对子,帝对王,日月对风霜。乌台对紫府,雪牖对云房。香山社,昼锦堂,蔀屋对岩廊。芬椒涂内壁,文杏饰高梁。贫女幸分东壁影,幽人高卧北窗凉。绣阁探春,丽日半笼青镜色;水亭醉夏,熏风常透碧筒香。

八 庚

形对貌,色对声,夏邑对周京。江云对涧树,玉磬对银筝。人老老,我卿卿,晓燕对春莺。玄霜春玉杵,白露贮金茎。贾客君山秋弄笛,仙人緱岭夜吹笙。帝业独兴,尽道汉高能用将;父书空读,谁言赵括善知兵。

功对业,性对情,月上对云行。乘龙对附骥,阆苑对蓬瀛。春秋笔,月旦评,东作对西成。隋珠光照乘,和璧价连城。三箭三人唐将勇,一琴一鹤赵公清。汉帝求贤,诏访严滩逢故旧;宋廷优老,年尊洛社重耆英。

昏对旦,晦对明,久雨对新晴。蓼湾对花港,竹友对梅兄。黄石叟,丹丘生,犬吠对鸡鸣。暮山云外断,新水月中平。半榻清风宜午梦,一犁好雨趁春耕。王旦登庸,误我十年迟作相;刘蕡不第,愧他多士早成名。

九 青

庚对甲,巳对丁。魏阙对彤庭。梅妻对鹤子,珠箔对银屏。鸳浴沼,鹭飞汀,鸿雁对鹡鸰。人间寿者相,天上老人星。八月好修攀桂斧,三春须系护花铃。江阁凭临,一水净连天际碧;石栏闲倚,群山秀向雨余青。

危对乱，泰对宁，纳陛对趋庭。金盘对玉箸，泛梗对浮萍。群玉圃，众芳亭，旧典对新型。骑牛闲读史，牧豕自横经。秋首田中禾颖重，春余园内菜花馨。旅次凄凉，塞月江风皆惨淡；筵前欢笑，燕歌赵舞独娉婷。

十 蒸

苹对蓼，茨对菱，雁弋对鱼罾。齐纨对鲁绮，蜀绵对吴绫。星渐没，日初升，九聘对三征。萧何曾作吏，贾岛昔为僧。贤人视履循规矩，大匠挥斤校准绳。野渡春风，人喜乘潮移酒舫；江天暮雨，客愁隔岸对渔灯。

谈对吐，谓对称，冉闵对颜曾。侯嬴对伯嚭，祖逖对孙登。抛白纻，宴红绫，胜友对良朋。争名如逐鹿，谋利似趋蝇。仁杰姨惭周不仕，王陵母识汉方兴。句写穷愁，浣花寄迹传工部；诗吟变乱，凝碧伤心叹右丞。

十一 尤

荣对辱，喜对忧，缱绻对绸缪。吴娃对越女，野马对沙鸥。茶解渴，酒消愁，白眼对苍头。马迁修史记，孔子作春秋。莘野耕夫闲举耜，渭滨渔父晚垂钩。龙马游河，羲帝因图而画卦；神龟出洛，禹王取法以明畴。

冠对履，舄对裘，院小对庭幽。面墙对膝地，错智对良筹。孤嶂耸，大江流，芳泽对园丘。花潭来越唱，柳屿起吴讴。莺懒燕忙三月雨，蛩摧蝉退一天秋。钟子听琴，荒径入林山寂寂；谪仙捉月，洪涛接岸水悠悠。

鱼对鸟，鹨对鸠，翠馆对红楼。七贤对三友，爱月对悲秋。虎类狗，蚁如牛，列辟对诸侯。陈唱临春乐，隋歌清夜游。空中事业麒麟阁，地下文章鹦鹉洲。旷野平原，猎士马蹄轻似箭；斜风细雨，牧童牛背稳如舟。

十二 侵

歌对曲，啸对吟，往古对来今。山头对水面，远浦对遥岑。勤三上，惜寸阴，茂树对平林。卞和三献玉，杨震四知金。青皇风暖催芳草，白帝城高急暮砧。绣虎雕龙，才子窗前挥彩笔；描鸾刺凤，佳人帘下度金针。

登对眺，涉对临，瑞雪对甘霖。主欢对民乐，交浅对言深。耻三战，乐七擒，顾曲对知音。大车行槛槛，驷马聚骎骎。紫电青虹腾剑气，高山流水识琴心。屈子怀君，极浦吟风悲泽畔；王郎忆友，扁舟卧雪访山阴。

十 三 覃

宫对阙，座对龛，水北对天南。蜃楼对蚁郡，伟论对高谈。遴杞梓，树梗楠，得一对函三。八宝珊瑚枕，双珠玳瑁簪。萧王待士心惟赤，卢相欺君面独蓝。贾岛诗狂，手拟敲门行处想；张颠草圣，头能濡墨写时酣。

闻对见，解对谙，三橘对双柑。黄童对白叟，静女对奇男。秋七七，径三三，海色对山岚。鸾声何哕哕，虎视正眈眈。仪封疆吏知尼父，函谷关人识老聃。江相归池，止水自盟真是止；吴公作宰，贪泉虽饮亦何贪？

十 四 盐

宽对猛，冷对淡，清直对尊严。云头对雨脚，鹤发对龙髯。风台谏，肃堂廉，保泰对鸣谦。五湖归范蠡，三径隐陶潜。一剑成功堪佩印，百钱满卦便垂帘。浊酒停杯，容我半酣愁际饮；好花傍座，看他微笑悟时拈。

连对断，减对添，淡泊对安恬。回头对极目，水底对山尖。腰袅袅，手纤纤，凤卜对鸾占。开田多种粟，煮海尽成盐。居同九世张公艺，恩给千人范仲淹。箫弄凤来，秦女有缘能跨羽；鼎成龙去，轩臣无计得攀髯。

人对己，爱对嫌，举止对观瞻。四知对三语，义正对辞严。勤雪案，课风檐，漏箭对书笺。文繁归獭祭，体艳别香奁。昨夜题诗更一字，早春来燕卷重帘。诗以史名，愁里悲歌怀杜甫；笔经人索，梦中显晦老江淹。

十 五 咸

栽对植，薙对芟，二伯对三监。朝臣对国老，职事对官衔。鹿麌麌，兔毚毚，启牍对开缄。绿杨莺睍睆，红杏燕呢喃。半篱白酒娱陶令，一枕黄粱度吕岩。九夏炎飙，长日风亭留客骑；三冬寒冽，漫天雪浪驻征帆。

梧对杞，柏对杉，夏濩对韶咸。涧瀍对溱洧，巩洛对崤函。藏书洞，避诏岩，脱俗对超凡。贤人羞献媚，正士嫉工谗。霸越谋臣推少伯，佐唐藩将重浑瑊。邺下狂生，羯鼓三挝羞锦袄；江州司马，琵琶一曲湿青衫。

袍对笏，履对衫，匹马对孤帆。琢磨对雕镂，刻划对镌镵。星北拱，日西衔，卮漏对鼎馋。江边生桂苦，海外树都咸。但得恢恢存利刃，何须咄咄达空函。彩凤知音，乐典后夔须九奏；金人守口，圣如尼父亦三缄。

附录三：广西北部湾楹联集萃

1. 浦北大朗书院楹联

书院大门联：

大成声振尼山铎；

朗润文方浦水珠。

大门走廊石柱外联：

根柢在六经，诗书易礼春秋，须撷古人之精华，莫徒分汉宋门户；

宾兴先三物，孝友睦姻任恤，但得多士为倡导，庶蔚成邹鲁乡风。

大门走廊石柱内联：

大开珊网，宏收宝物千枝，要培成管乐奇士，与我国家出力；

朗膜冰壶，澈印道心一片，莫误认陆王宗旨，坠他佛老空谈。

二座屋檐石柱联一：

大者法，小者廉，治国视诸斯，于乡可观王道；

朗如珠，润如玉，为学亦若是，何地不出人才。

二座屋檐石柱联二：

大山乔岳，一览皆卑，海角有魁儒，讵愧追踪邹鲁；

朗月清风，何求不足，道心无滞相，好寻乐趣孔颜。

后座屋檐石柱联：

大观首在诗书，精性理，擅词章，当求郑孔注笺，程朱道学；

朗诵如闻金石，媲庄骚，追史汉，要使马班伯仲，屈宋衙官。

后座木柱联一：

大开广厦，皆先人旧德所遗，若子若孙，登此堂来莫忘高曾规矩；

朗照文星，冀后辈儒风勿替，或耕或读，知为学者便是党塾仪型。

后座木柱联二：

大敞规模，振我家祖泽宗功，居同里，祀同堂，俎豆春秋绵奕叶；

朗悬衡鉴，蜚他日英声茂实，后立言，先立德，王侯将相兆初枕。

2. 灵山大芦村劳氏家族楹联

祖屋大门联：
武阳世泽；
江左家风。

祖屋五座正侧联：
大家露湛；
芦舍云连。

祖屋五座顶梁联：
积善之家必有余庆；
资富能训惟以永年。

祖屋五座水滴联：
读书好耕田好识好便好；
创业难守成难知难不难。

祖屋四座檐柱联：
天叙五伦惟孝友于兄弟；
家传一忍以能保我子孙。

祖屋四座屏柱联：
读古人书留意经天纬地；
为后裔法无忘祖德宗功。

祖屋五座房门左联：
一生勤苦书千卷；
万事消磨酒十分。

祖屋五座房门右联：
书有未曾经我读；
事无不可对人言。

祖屋四座顶梁联：
知稼穑之艰难，克勤克俭；
守高曾其规矩，不愆不忘。

祖屋四座屏风联：
好把格言训子弟；
须寻生计去饥寒。

祖屋四座川柱联：
读书乐为善最乐；
创业难守成尤难。

祖屋四座川柱联：
勤与俭治家上策；
积而忍处世良规。

太公座外柱联：
敬其所尊，爱其所亲，迩之为仁人孝子；
信移于君，顺移于长，远即为义士忠臣。

太公头座灯柱联：
惜食惜衣，不但惜财兼惜福；
求名求利，须知求己胜求人。

太公头座顶樑联：
祖有德，宗有功，惟烈惟光，永保衣冠联后裔；
左为昭，右为穆，以飨以祀，长承俎豆振前徽。

太公神座顶梁联：
神之格思，无远弗届；
道之高矣，日监在兹。

新春对联：
对闻炮竹喧哗日；
好借桃花点缀春。

忽经去日人添岁；
才到新春花满城。

每逢元旦占三有；
却喜新春又一年。

况阳春召我烟景；
斯陋室惟吾德馨。

阶下芝兰迎旭日；
厦前桃李蔼春风。

楼外春阴鸠唤雨；
庭前日暖蝶翻风。

传家有道惟忠厚；
处事无奇但率真。

四面韶光新岁月；
一团和气大家春。

新蒲细柳皆春色；
紫燕黄鹂俱好音。

日月天开新气运；
笙歌人醉太平村。

乐善常能春意满；
洗心觉与岁华新。

每思前辈寻常语；
愿读人间未见书。

和气盈门迎瑞气；
春光满眼映文光。

到处繁华银世界；
一春豪放酒生涯。

绿水青山依旧色；
黄童白叟拜新年。

淑气自迎人，兰室生香盈岁月；
卿云方入户，槐庭祥瑞起图书。

春亦多情，鸟向枝头催逸兴；
人其得意，梅花窗外放诗怀。

三达堂头座联：
礼达分定，尊者尊，卑者卑，允矣，彝伦攸叙；
道迩事易，亲其亲，长其长，丕哉，谟烈显承。

三达堂头座联：
松桷拂云雯，明德维馨，俎豆长随沧海远；
兰芽纷玉砌，遗编遽守，羹墙世捧丝纶新。

三达堂四座联：
积庆仰前徽，世德相承，所爱箕裘绍美；
发祥看后裔，家修勿替，还期兰桂腾芳。

三达堂四座联：
念先人立身教家，不外纲常大节；
嘱后裔继志述事，毋忘忠孝初心。

三达堂四座联：
撑柱檐柯凭介质；
琢磨事业忆名山。

三达堂四座联：
天增岁月人增寿；
春满乾坤福满门。

三达堂四座联：
堂上椿萱辉旭日；
阶前兰桂长春风。

三达堂四座联：
孝悌为人生根本；
言行乃君子枢机。

三达堂四座联：
忠厚传家安且吉；
和平处世炽而昌。

三达堂四座联：
兄弟和其中最乐；
子孙贤此外何求。

三达堂四座联：
仰天但使心无愧；
做事何须世尽知。

三达堂五座联：
荆树有花兄弟乐；
书田无税子孙耕。

三达堂五座联：
春深松柏当庭秀；
日暖芝兰入室香。

三达堂五座联：
文章报国；
孝悌传家。

三达堂横门联：
门前琪树双环翠；
户外方塘一鉴清。

三达堂神座架门联：
旭日临门早；
春光及第先。

三达堂五座房右边联：
忍而和齐家上策；
勤与俭处世良图。

三达堂五座房左边联：
立身处世皆宜忍；
教子千般莫若勤。

三达堂大天井介门联：
大块文章应假我；
芦居景色正宜人。

三达堂礼和门口联：
中天运转花开甲；
和气春回斗建寅。

三达堂上书房联：
涵养功深心似镜；
揣摩历久笔生花。

三达堂下书房联：
鱼跃鸢飞皆性道；
水流花放是文章。

三达堂大门联：
东来紫气；
园茁兰芽。

三达堂大门联：
书田种粟；
心地栽兰。

东园大门联：
东天改岁；
园地皆春。

东园大门联：
东升日丽；
园集云盈。

东园头座联：
绳其祖武；
贻厥孙谋。

东园二座联：
有典有则；
是训是行。

东园二座联：
东头日月恩光照；
园地乾坤喜气多。

东园二座联：
东升日丽春光好；
园集云盈景象新。

东园二座联：
东里德星常拱照；
园庭化日屡来朝。

东园二座联：
东来紫气家庭泰；
园茁兰芽蓄秀枝。

东园二座联：
东壁书有典有则；
园庭诲是训是行。

东园二座联：
绳其祖武唯耕读；
贻厥孙谋在俭勤。

东园二座联：
两树椿萱开画锦；
满城桃李醉春风。

东园二座联：

屏开敢拟三鳝象；

门设居然五柳风。

东园二座联：

亘古须眉不老；

于今福德犹新。

东园二座联：

东窗书田种粟好；

园第心地栽兰香。

二座联：

东亚江山增秀色；

园中桃李发光华。

东园二座联：

东报年始升平日；

园开新春大有平。

东园二座联：

教家齐终有庆；

成身立自流芳。

东园二座联：

簪缨世胄；

孝友家风。

东园二座联：

槐柿播优声，翠竹碧梧根并茂；

坛堂盈瑞气，长庚宝婺耀同明。

东园二座联：

东风送暖家家暖；

园雪迎春处处春。

东园二座联：

东里安居人长寿；

园丁辛勤岁丰收。

东园二座联：

东壁列图书，任从教子教孙，善教家齐终有庆；

园庭攻翰墨，当勉成仁成义，名成身立自流芳。

克中公祠大门联：

克尽兴邦责；

中全爱国心。

克中公祠大门联：

兰畹留香远；

松江衍派长。

克中公祠头座顶联：

不衍不忘，绳其祖武；

有典有则，诒厥孙谋。

克中公祠头座外柱联：

春祀秋尝崇礼典；

左昭右穆叙天伦。

克中公祠中亭川柱联：

亲其亲长其长；

尊者尊卑者卑。

克中公祠中亭川柱联：

周中规折其矩；

事思亲貌思恭。

克中公祠二座顶联：

祀事孔明，以介景福；

仁新惟宝，追配前人。

克中公祠二座屏封联：
洗爵执笾，惟循宗庙之礼；
燕毛序齿，当思兄弟孔怀。

克中公祠二座檐柱联：
倚西北为鸿模，北阙殊恩沾世德；
挹南东之秀气，东兰旧址发书香。

克中公祠大门内六角柱联：
立不中门，正衣冠凛凛然，谨尔候度；
出降一等，逞颜色怡怡也，念昔先人。

克中公祠大门外柱联：
临活水，镜陂塘，一派清源绵祖泽；
倚苍松，环翠竹，千年老干长孙枝。

克中公祠二座川柱联：
宗六世，衍四支，本源上溯劳山绪；
面重离，位习坎，霜露萦怀淑水思。

克中公祠二座川柱联：
大地春光艳；
芦居面貌新。

克中公祠二座川柱联：
春光回大地；
喜气到人间。

东明堂对联：
东风解冻；
明德维馨。

东阁英雄隆际会；
明塘学子奋前程。

国富千山秀；
家和万事兴。

春风苏万事；
喜雨乐千家。

东来紫气常迎面；
明媚春光最可人。

东依象岭；
明向龙塘。

3. 钦州刘永福故居楹联

一门联：
枝栖古越；
派衍彭城。

二门联：
恩承北阙；
春满南天。

三门联：
天阶深雨露；
庭砌长芝兰。

上厅联：
天地一大动机，观乎蚁磨旋环，不息周流春又到；
家庭自饶佳景，际此鸿钧转运，休嘉备致福无疆。

二厅联：
三春景气佳，点缀岁华，喜门第共乐，雍熙大启，文明辉世族；
宦德谋诒远，余留善庆，与子侄同殷，继述丕承，基绪耀彭城。

祖厅联一：
我祖宗，常有默佑维持，始克建此根基，忆昔栉风沐雨，戴月披星，历经百战余生，身以辛劳，自念前光仍励志；
汝后人，当思艰难缔造，正宜恪遵家训，尤贵兄友弟恭，夫义妇顺，切戒千般暇逸，力求进步，予年老迈亦欢心。

祖厅联二：

振作仰宏名，创起鸿图居之安，垂暮精神增矍铄；
威严扬烈武，谋诒燕翼声愈茂，崇高富贵耀城垣。

刘永福官封振威将军，三宣堂落成时刘永福亲友以"振威"二字冠顶作一联庆贺

刘永福娶媳（三宣堂）对联：

头门对联：
大宾满座；
小子宜家。

上厅对联：
训子本从严，试观执爵宣言申醮命；
成人当不易，须听鸣鸡交替诵诗章。

中厅对联：
老拙久防边，暂脱战袍，匹马旋来还子债；
嘉宾欣戾止，好宣酒令，多杯醉饮趁辰良。

4. 浦北小江宋氏家族楹联

九世祖世元公楹联：
难弟要难兄，首十三人为达，尊无惭作伯；
杖朝隆杖国，见四五代之老，大莫过于公。（九世祖世元公自作佳联）

宋安枢所作西坡贯首楹联：
西人教术添新学；
坡老文章守旧传。

西望千寻山献瑞；
坡环一带水生花。

宋安枢所作春联：
西园日报平安竹；
坡野春开富贵花。

西换桃符除旧岁；
坡闻爆竹贺新年。

宋安枢所作寿联：
西母桃偷三万岁；
坡生椿寿八千秋。

西阁齐眉仁者寿；
坡园并蒂老来娇。

宋安枢所作娶妇联：
西池比目鱼双乐；
坡岭同声鸟对鸣。

西瓜多子新成种；
坡草能花易合欢。

西宿鸳鸯欣结对；
坡飞鸾凤喜成双。

宋安枢所作嫁女联：
西鸣鸾凤；
坡宿鸳鸯。

西阁催妆梅点额；
坡园赠嫁菊簪头。

西席东床优礼婿；
坡车塞马惠来宾。

宋安枢所作添丁联：
西面风流香桂子；
坡头雨足秀兰孙。

西植桂芳成子熟；
坡载兰秀吐王香。

宋安枢所作祠宇联

西河万派朝东去；
坡岭千山起祖来。

西阶槐荫三公族；
坡岭松封五大夫。

宋安枢闲居所作对联：

西窗剪烛勤求友；
坡径扫花敬待宾。

西伯是孙贤继祖；
坡公原子鲁为卿。

赠大名景山祠槛联：

景星庆云，瑞献呈祥，祖庙滔光，所观愈大；
山高仰止，源远流长，世泽绵延，实孚其名。

萃文学校大门联：

萃拨真高足；
文成妙细心。

进城书院门联：

洁己以进；
反身而诚。

上八团学堂门联：

尘氛尽扫；
文运初开。

小江墟对联：

小鬼弄大神，阴谋诡计弄出来，洋洋得意；
江虾吞海蟹，梗喉硬壳吞不入，白白翻眼。

上阳村娶联：

上乃乾，下乃坤，乾坤配合；
阳之日，阴之月，日月团圆。

以藩公母葬绿云头墓碑联：
绿水钟灵秀；
云山毓俊英。

以藩公楹联：
寿越七旬荣杖国；
祥开四代喜称觞。（为以兰公七十晋一寿辰而作）

为家材侄孙在小江开商铺"宝华"号贯首联：
宝善发祥名誉雅；
华封晋祝德为馨。

重修始祖祠对联：
京兆家声远；
太原世泽长。

祖庙辉煌，雷门耀彩，乾柱为依，少征朝供，堪谓物华天宝；
宗祠鼎盛，掌府呈祥，紫垣正照，南极镇关，足称人杰地灵。

惟善德如山，千秋传泽，爰处爰居绳祖武；
妙仙恩似海，万古流芳，课讲课读贻孙谋。

京兆兰吐馥，丕振家声，伟业同乾坤共泰；
太原桂腾芳，绵延世泽，宏基与日月齐辉。

祖德宏深，永继太原光后裔；
宗恩广大，长承京兆耀前徽。

祖庙参天，含星摘月，必兆螽斯济济千秋业；
宗祠拔地，撑月捧云，先知瓜瓞绵绵万世基。

妙仙庙重辉，远绍太原绵世泽；
惟善祠再焕，宏开京兆奕家风。

妙仙恩似海；
惟善德如山。

祖德宏深光后裔；
宗恩广大耀前徽。

源流对联：
根本出商丘，缅殷汤帝业，历代精英，武纬功勋光族史；
崇居肇浦北，看陛下芝兰，堂前玉树，文经伟绩振家声。

杨花拱映兆文明，箕裘大振；
屋宇生辉呈瑞气，轮奂宏开。

杨树喜成阴，挺秀根枝开万代；
屋基欣得所，辉煌堂构振千秋。

龙安塘贯首对联：
龙座创鸿图，地脉钟灵观虎踞；
安堂开伟业，人文蔚起看蛟腾。

龙地兴邦，万载人文看鹊起；
安塘建业，千秋世泽放鸿图。

龙地为基崇庙祀；
安塘凝瑞衍家声。

龙地诒孙谋，如松如竹；
安塘立祖庙，俾炽俾昌。

龙地出书香，克振太原骏业；
安塘开世胄，丕承京兆鸿猷。

龙地立宏基，祖座辉煌开富有；
安塘诒燕翼，孙枝焕发放文明。

龙地钟灵，诒谋燕翼，水绕山环兴宅第；
安塘毓秀，创业鸿居，父慈子孝振家声。

龙地开伟业，燕翼传徽，丕振广平鸿烈；
安塘创宏基，凤毛济美，足称微子象贤。

西坡贯首对联：
西地奠宏基，祖武克绳，大放龙门绵世泽；
坡山钟秀气，人文蔚起，永诒燕翼振家声。

西地有珠玑，卜宅安居，克绳祖武光前烈；
坡山凝瑞彩，培兰植桂，诒厥孙谋裕后昆。

西水重添色；
坡山复吐辉。

西眺虎踞龙蟠，已得山川胜概；
坡观蛟腾凤起，长舒宇宙精华。

赞安枢以梅二公对联：
才高八斗，韬略超群，身荣贵显光宗史；
学富五车，经纶济世，仕达官扬耀族威。

绳武祠贯首对联：
绳系诗书居榜首；
武操戈戟占鳌头。

5. 浦北马长田余氏家族楹联

浦北大坡宗祠大门对联：
大宗隆祀典；
坡坂为馨香。

宗传陆邑；
祠创廉阳。

三厅顶梁对联：
系出西秦，远承宋元明清，世代香烟罔替；
族开东粤，上追闽吴化陆，千秋俎豆常新。

系出西秦，备历汉唐宋元明清，千秋书香家声远；
族开东粤，上追闽吴化陆廉浦，万代俎豆国华长。

上厅二梁对联：

创业维艰，祖父当年戴月披星，备尝辛苦；
守成不易，儿孙今日立身行己，宜戒奢华。

祖由陆邑迁居廉阳，披星戴月克勤克俭，教后代三戒奢华；
孙在浦珠恭耕庄稼，发奋图强宜织宜昌，训义方一团和气。

上厅顶梁对联：

报本果何为，奉盛奉牲还奉体；
传家无别道，宜忠宜孝更宜和。

陆川陂村宗祠对联：

纯功高万丈；
衍德冠千钧。

6. 浦北马突村覃氏家族楹联：

亭面霞蒸，快睹花香呈翰墨；
檐牙风递，旋闻鸟语话文章。

（清朝时期，马突村保安公祖公三代监生，他便在头厅柱头制作这副固定对联，勉励后人努力读书，勤奋向上，恩报祖德）

后　记

　　中国楹联历史悠久、内涵丰富，一直以来都是大众喜闻乐见的文学形式，楹联习俗也是我国的非物质文化遗产。侯艳从事楹联创作十余年，偶尔对楹联理论有些零星的思考，一直想系统整理编写成书。自2012年到北部湾大学（原钦州学院）工作以后就萌生了开设与楹联相关课程的想法，也想在教学过程中调查需求，编写一本实用教材。经过多年的教学实践与楹联创作，在积累大量楹联素材的基础上，侯艳编写了本书，以期能提高大学生的传统文化素养。本书主要讲解楹联的基本概念及其文化内涵，兼及楹联的鉴赏与创作。适用于汉语言文学、汉语国际教育等文科类专业作为专业选修课教材，也适用于本科及高职高专院校作为公共选修课或人文素质拓展类课程教材，也可作为楹联爱好者的入门学习参考。

　　在编写过程中，侯艳参阅了近年来相关的研究成果，结合个人的楹联创作经验，对楹联文体、楹联创作与鉴赏等做了一些简要介绍。此外，侯艳还与相关课题的课题组成员在北部湾等地开展了广泛的调研工作，在此基础上对广西北部湾楹联文化做了较为深入的研究，本书也因此而具有一定的地方特色。本书还汇集了侯艳多年来拍摄收集的楹联图片，也可作为楹联爱好者的参考资料。本书是广西壮族自治区教改课题"汉语国际推广背景下基于应用型人才培养的楹联文化课程建设与实践"（2018JGB331）与钦州发展研究院2019—2020年研究课题"钦州传统楹联文化资源研究与利用"（1920QFYB005）的阶段性成果，得到北部湾大学钦州发展研究基金资助。

　　本书的编写与出版得到了北部湾大学领导和同事的大力支持，莫华善教授、钟其鹏教授、傅远佳教授、刘琼教授、黄孙庆副教授及人文学院、钦州发展研究院、教务处、科技处、研究生处的各位老师为本书的出版提供了指导与帮助，北部湾大学李红教授、党雪妮老师以及校友陈辉成同学等师友为本书提供了部分图片资料，王传善教授为本书封面题字，仪证市楹联学会会长高扬老师为本书作序，西南交大出版社李晓辉老师、李欣老师及全体编辑老师为本书的编校付出了辛勤的劳动，在此向各位致以最诚挚的谢忱。

本书在编写过程中吸收了余德泉教授、叶桂郴教授、高扬老师、宋彩霞老师、孙英老师等专家学者的一些研究成果，采用了李俊和、胡小敏、刘红波等楹联家和钦州市书法家协会林恒、李达旭、姚华、北部湾大学王传善教授、北部湾大学兼职教师苏卫国等书法家的作品，对相关资料的借鉴虽在图片说明及参考文献中尽量列出，但难免有疏漏之处，谨此对各位老师表示由衷的谢意！

侯艳
谨识于北部湾大学
2020 年 2 月